COLECCIÓN POPULAR

107

EL LABERINTO DE LA SOLEDAD

OCTAVIO PAZ

EL LABERINTO
DE LA SOLEDAD

COLECCION

POPULAR

FONDO DE CULTURA ECONÓMICA

MÉXICO

Primera edición (Cuadernos Americanos),	1950
Segunda edición revisada y aumentada	
(Vida y Pensamiento de México),	1959
Tercera edición (Colección Popular),	1972
Primera reimpresión,	1973
Segunda reimpresión,	1973
Tercera reimpresión,	1976
Cuarta reimpresión,	1977
Quinta reimpresión,	1978
Sexta reimpresión,	1979
Séptima reimpresión,	1980
Octava reimpresión,	1981
Novena reimpresión,	1982
Décima reimpresión,	1983
Decimoprimera reimpresión,	1983
Decimosegunda reimpresión,	1984
Decimotercera reimpresión,	1985
Decimocuarta reimpresión,	1986
Decimoquinta reimpresión,	1987
Decimosexta reimpresión,	1987
Decimoséptima reimpresión,	1989
Decimoctava reimpresión,	1989

ISBN 968-16-0175-0

Impreso en México

Lo otro no existe: tal es la fe racional, la incurable creencia de la razón humana. Identidad = realidad, como si, a fin de cuentas, todo hubiera de ser, absoluta y necesariamente, *uno y lo mismo*. Pero lo otro no se deja eliminar; subsiste, persiste; es el hueso duro de roer en que la razón se deja los dientes. Abel Martín, con fe poética, no menos humana que la fe racional creía en *lo otro*, en "La esencial Heterogeneidad del ser", como si dijéramos en la incurable *otredad* que padece *lo uno*.

Antonio Machado

I

EL PACHUCO Y OTROS EXTREMOS

A TODOS, en algún momento, se nos ha revelado nuestra existencia como algo particular, intransferible y precioso. Casi siempre esta revelación se sitúa en la adolescencia. El descubrimiento de nosotros mismos se manifiesta como un sabernos solos; entre el mundo y nosotros se abre una impalpable, transparente muralla: la de nuestra conciencia. Es cierto que apenas nacemos nos sentimos solos; pero niños y adultos pueden trascender su soledad y olvidarse de sí mismos a través de juego o trabajo. En cambio, el adolescente, vacilante entre la infancia y la juventud, queda suspenso un instante ante la infinita riqueza del mundo. El adolescente se asombra de ser. Y al pasmo sucede la reflexión: inclinado sobre el río de su conciencia se pregunta si ese rostro que aflora lentamente del fondo, deformado por el agua, es el suyo. La singularidad de ser —pura sensación en el niño— se transforma en problema y pregunta, en conciencia interrogante.

A los pueblos en trance de crecimiento les ocurre algo parecido. Su ser se manifiesta como interrogación: ¿qué somos y cómo realizaremos eso que somos? Muchas veces las respuestas que damos a estas preguntas son desmentidas por la historia, acaso porque eso que llaman el "genio de los pueblos" sólo es un complejo de reacciones ante un estímulo dado: frente a circunstancias diversas, las respuestas pueden variar y con ellas el carácter nacional, que se pretendía inmutable. A pesar de la naturaleza casi siempre ilusoria de los ensayos de psicología nacional, me parece reveladora la insistencia con que en ciertos períodos los pueblos se vuelven sobre sí mismos y se interrogan. Despertar a la historia significa adquirir conciencia de nuestra singularidad, momento de reposo reflexivo antes de entregarnos al hacer. "Cuando soñamos que soñamos está próximo el despertar", dice Novalis. No importa, pues, que las respuestas que demos a nuestras preguntas sean luego corregidas por el tiempo; también el adolescente ignora las futuras transformaciones de ese rostro que ve en el agua: indescifrable a primera vista, como una piedra sagrada cubierta de incisiones y signos, la máscara del viejo es la historia de unas facciones amorfas, que un día emergieron confusas, extraídas en vilo por una mirada absorta. Por virtud de esa mirada las facciones se hicieron rostro y, más tarde, máscara, significación, historia.

La preocupación por el sentido de las singularidades de mi país, que comparto con muchos, me parecía hace tiempo superflua y peligrosa. En lugar de interrogarnos a nosotros mismos, ¿no sería mejor crear, obrar sobre una realidad que no se entrega al que la contempla, sino al que es capaz de sumergirse en ella? Lo que nos puede distinguir del resto de los pueblos no es la siempre dudosa originalidad de nuestro carácter —fruto, quizá, de las circunstancias siempre cambiantes—, sino la de nuestras creaciones. Pensaba que una obra de arte o una acción concreta definen más al mexicano —no solamente en tanto que lo expresan, sino en cuanto, al expresarlo, lo recrean— que la más penetrante de las descripciones. Mi pregunta, como las de los otros, se me aparecía así como un pretexto de mi miedo a enfrentarme con la realidad; y todas las especulaciones sobre el pretendido carácter de los mexicanos, hábiles subterfugios de nuestra impotencia creadora. Creía, como Samuel Ramos, que el sentimiento de inferioridad influye en nuestra predilección por el análisis y que la escasez de nuestras creaciones se explica no tanto por un crecimiento de las facultades críticas a expensas de las creadoras, como por una instintiva desconfianza acerca de nuestras capacidades.

Pero así como el adolescente no puede olvidarse de sí mismo —pues apenas lo consigue deja de serlo— nosotros no podemos sustraernos a la necesidad de interrogarnos y contemplarnos. No quiero decir que el mexicano sea por naturaleza crítico, sino que atraviesa una etapa reflexiva. Es natural que después de la fase explosiva de la Revolución, el mexicano se recoja en sí mismo y, por un momento, se contemple. Las preguntas que todos nos hacemos ahora probablemente resulten incomprensibles dentro de cincuenta años. Nuevas circunstancias tal vez produzcan reacciones nuevas.

No toda la población que habita nuestro país es objeto de mis reflexiones, sino un grupo concreto, constituido por esos que, por razones diversas, tienen conciencia de su ser en tanto que mexicanos. Contra lo que se cree, este grupo es bastante reducido. En nuestro territorio conviven no sólo distintas razas y lenguas, sino varios niveles históricos. Hay quienes viven antes de la historia; otros, como los otomíes, desplazados por sucesivas invasiones, al margen de ella. Y sin acudir a estos extremos, varias épocas se enfrentan, se ignoran o se entredevoran sobre una misma tierra o separadas apenas por unos kilómetros. Bajo un mismo cielo, con héroes, costumbres, calendarios y nociones morales diferentes, viven "católicos de Pedro el Ermitaño y jacobinos de la Era Terciaria". Las épocas viejas nunca desaparecen completamente y todas las heridas, aun las más antiguas, manan sangre todavía. A veces, como las pirámides precortesianas que ocultan casi siempre otras, en una sola ciudad o en una sola alma se mezclan y superponen nociones y sensibilidades enemigas o distantes.[1]

La minoría de mexicanos que poseen conciencia de sí no constituye una clase inmóvil o cerrada. No solamente es la única activa —frente a la inercia indoespañola del resto— sino que cada día modela más el país a su imagen. Y crece, conquista a México. Todos pueden llegar a sentirse mexicanos. Basta, por ejemplo, con que cualquiera cruce la frontera para

[1] Nuestra historia reciente abunda en ejemplos de esta superposición y convivencia de diversos niveles históricos: el neofeudalismo porfirista (uso este término en espera del historiador que clasifique al fin en su originalidad nuestras etapas históricas) sirviéndose del positivismo, filosofía burguesa, para justificarse históricamente; Caso y Vasconcelos —iniciadores intelectuales de la Revolución— utilizando las ideas de Boutroux y Bergson para combatir al positivismo porfirista; la Educación Socialista en un país de incipiente capitalismo; los frescos revolucionarios en los muros gubernamentales... Todas estas aparentes contradicciones exigen un nuevo examen de nuestra historia y nuestra cultura, confluencia de muchas corrientes y épocas.

que, oscuramente, se haga las mismas preguntas que se hizo Samuel Ramos en *El perfil del hombre y la cultura en México*. Y debo confesar que muchas de las reflexiones que forman parte de este ensayo nacieron fuera de México, durante dos años de estancia en los Estados Unidos. Recuerdo que cada vez que me inclinaba sobre la vida norteamericana, deseoso de encontrarle sentido, me encontraba con mi imagen interrogante. Esa imagen, destacada sobre el fondo reluciente de los Estados Unidos, fue la primera y quizá la más profunda de las respuestas que dio ese país a mis preguntas. Por eso, al intentar explicarme algunos de los rasgos del mexicano de nuestros días, principio con esos para quienes serlo es un problema de verdad vital, un problema de vida o muerte.

AL INICIAR mi vida en los Estados Unidos residí algún tiempo en Los Ángeles, ciudad habitada por más de un millón de personas de origen mexicano. A primera vista sorprende al viajero —además de la pureza del cielo y de la fealdad de las dispersas y ostentosas construcciones— la atmósfera vagamente mexicana de la ciudad, imposible de apresar con palabras o conceptos. Esta mexicanidad —gusto por los adornos, descuido y fausto, negligencia, pasión y reserva— flota en el aire. Y digo que flota porque no se mezcla ni se funde con el otro mundo, el mundo norteamericano, hecho de precisión y eficacia. Flota, pero no se opone; se balancea, impulsada por el viento, a veces desgarrada como una nube, otras erguida como un cohete que asciende. Se arrastra, se pliega, se expande, se contrae, duerme o sueña, hermosura harapienta. Flota: no acaba de ser, no acaba de desaparecer.

Algo semejante ocurre con los mexicanos que uno encuentra en la calle. Aunque tengan muchos años de vivir allí, usen la misma ropa, hablen el mismo idioma y sientan vergüenza de su origen, nadie los confundiría con los norteamericanos auténticos. Y no se crea que los rasgos físicos son tan determinantes como vulgarmente se piensa. Lo que me parece distinguirlos del resto de la población es su aire furtivo e inquieto, de seres que se disfrazan, de seres que temen la mirada ajena, capaz de desnudarlos y dejarlos en cueros. Cuando se habla con ellos se advierte que su sensibilidad se parece a la del péndulo, un péndulo que ha perdido la razón y que oscila con violencia y sin compás. Este estado de espíritu —o de ausencia de espíritu— ha engendrado lo que se ha dado en llamar el "pachuco". Como es sabido, los "pachucos" son bandas de jóvenes, generalmente de origen mexicano, que viven en las ciudades del Sur y que se singularizan tanto por su vestimenta como por su conducta y su lenguaje. Rebeldes instintivos, contra ellos se ha cebado más de una vez el racismo norteamericano. Pero los "pachucos" no reivindican su raza ni la nacionalidad de sus antepasados. A pesar de que su actitud revela una obstinada y casi fanática voluntad de ser, esa voluntad no afirma nada concreto sino la decisión —ambigua, como se verá— de no ser como los otros que los rodean. El "pachuco" no quiere volver a su origen mexicano; tampoco —al menos en apariencia— desea fundirse a la vida norteamericana. Todo en él es impulso que se niega a sí mismo, nudo de contradicciones, enigma. Y el primer enigma es su nombre mismo: "pachuco", vocablo de incierta filiación, que dice nada y dice todo. ¡Extraña palabra, que no tiene significado preciso o que, más exactamente, está cargada, como todas las creaciones populares, de una pluralidad de significados! Queramos o no, estos seres son mexicanos, uno de los extremos a que puede llegar el mexicano.

Incapaces de asimilar una civilización que, por lo demás, los rechaza, los pachucos no han encontrado más respuesta a la hostilidad ambiente que esta exasperada afirmación de su personalidad.[2] Otras comunidades reaccionan de modo distinto; los negros, por ejemplo, perseguidos por la intolerancia racial, se esfuerzan por "pasar la línea" e ingresar a la sociedad.

[2] En los últimos años han surgido en los Estados Unidos muchas bandas de jóvenes que recuerdan a los "pachucos" de la posguerra. No podía ser de otro modo; por una parte la sociedad norteamericana se cierra al exterior; por la otra, interiormente, se petrifica. La vida no puede penetrarla; rechazada, se desperdicia, corre por las afueras, sin fin propio. Vida al margen, informe, sí, pero vida que busca su verdadera forma.

Quieren ser como los otros ciudadanos. Los mexicanos han sufrido una repulsa menos violenta, pero lejos de intentar una
problemática adaptación a los modelos ambientes, afirman sus
diferencias, las subrayan, procuran hacerlas notables. A través
de un dandismo grotesco y de una conducta anárquica, señalan
no tanto la injusticia o la incapacidad de una sociedad que no
ha logrado asimilarlos, como su voluntad personal de seguir
siendo distintos.

No importa conocer las causas de este conflicto y menos
saber si tienen remedio o no. En muchas partes existen mino-
rías que no gozan de las mismas oportunidades que el resto de
la población. Lo característico del hecho reside en este obsti-
nado querer ser distinto, en esta angustiosa tensión con que el
mexicano desvalido —huérfano de valedores y de valores— afirma sus diferencias frente al mundo. El pachuco ha perdido
toda su herencia: lengua, religión, costumbres, creencias. Sólo
le queda un cuerpo y un alma a la intemperie, inerme ante
todas las miradas. Su disfraz lo protege y, al mismo tiempo, lo
destaca y aísla: lo oculta y lo exhibe.

Con su traje —deliberadamente estético y sobre cuyas ob-
vias significaciones no es necesario detenerse—, no pretende
manifestar su adhesión a secta o agrupación alguna. El pachu-
quismo es una sociedad abierta —en ese país en donde abundan
religiones y atavíos tribales, destinados a satisfacer el deseo del
norteamericano medio de sentirse parte de algo más vivo y
concreto que la abstracta moralidad de la "American way of
life"—. El traje del pachuco no es un uniforme ni un ropaje
ritual. Es, simplemente, una moda. Como todas las modas
está hecha de novedad —madre de la muerte, decía Leopardi—
e imitación.

La novedad del traje reside en su exageración. El pachuco
lleva la moda a sus últimas consecuencias y la vuelve estética.
Ahora bien, uno de los principios que rigen a la moda norteamericana es la comodidad; al volver estético el traje corriente,
el pachuco lo vuelve "impráctico". Niega así los principios
mismos en que su modelo se inspira. De ahí su agresividad.

Esta rebeldía no pasa de ser un gesto vano, pues es una exageración de los modelos contra los que pretende rebelarse y no una vuelta a los atavíos de sus antepasados —o una invención de nuevos ropajes—. Generalmente los excéntricos subrayan con sus vestiduras la decisión de separarse de la sociedad, ya para constituir nuevos y más cerrados grupos, ya para afirmar su singularidad. En el caso de los pachucos se advierte una ambigüedad: por una parte, su ropa los aísla y distingue; por la otra, esa misma ropa constituye un homenaje a la sociedad que pretenden negar.

La dualidad anterior se expresa también de otra manera, acaso más honda: el pachuco es un clown impasible y siniestro, que no intenta hacer reír y que procura aterrorizar. Esta actitud sádica se alía a un deseo de autohumillación, que me parece constituir el fondo mismo de su carácter: sabe que sobresalir es peligroso y que su conducta irrita a la sociedad; no importa, busca, atrae la persecución y el escándalo. Sólo así podrá establecer una relación más viva con la sociedad que provoca: víctima, podrá ocupar un puesto en ese mundo que hasta hace poco lo ignoraba; delincuente, será uno de sus héroes malditos.

La irritación del norteamericano procede, a mi juicio, de que ve en el pachuco un ser mítico y por lo tanto virtualmente peligroso. Su peligrosidad brota de su singularidad. Todos coinciden en ver en él algo híbrido, perturbador y fascinante. En torno suyo se crea una constelación de nociones ambivalentes: su singularidad parece nutrirse de poderes alternativamente nefastos o benéficos. Unos le atribuyen virtudes eróticas poco comunes; otros, una perversión que no excluye la agresividad. Figura portadora del amor y la dicha o del horror y la abominación, el pachuco parece encarnar la libertad, el desorden, lo prohibido. Algo, en suma, que debe ser suprimido; alguien, también, con quien sólo es posible tener un contacto secreto, a oscuras.

Pasivo y desdeñoso, el pachuco deja que se acumulen sobre su cabeza todas estas representaciones contradictorias, hasta que, no sin dolorosa autosatisfacción, estallan en una pelea de cantina, en un "raid" o en un motín. Entonces, en la persecución, alcanza su autenticidad, su verdadero ser, su desnudez suprema, de paria, de hombre que no pertenece a parte alguna. El ciclo, que empieza con la provocación, se cierra: ya está listo para la redención, para el ingreso a la sociedad que lo rechazaba. Ha sido su pecado y su escándalo; ahora, que es víctima, se le reconoce al fin como lo que es: su producto, su hijo. Ha encontrado al fin nuevos padres.

Por caminos secretos y arriesgados el "pachuco" intenta ingresar a la sociedad norteamericana. Mas él mismo se veda el acceso. Desprendido de su cultura tradicional, el pachuco se afirma un instante como soledad y reto. Niega a la sociedad de que procede y a la norteamericana. El "pachuco" se lanza al exterior, pero no para fundirse con lo que lo rodea, sino para retarlo. Gesto suicida, pues el "pachuco" no afirma nada, no defiende nada, excepto su exasperada voluntad de no-ser. No es una intimidad que se vierte, sino una llaga que se muestra, una herida que se exhibe. Una herida que también es un adorno bárbaro, caprichoso y grotesco; una herida que se ríe de sí misma y que se engalana para ir de cacería. El "pachuco" es la presa que se adorna para llamar la atención de los cazadores. La persecución lo redime y rompe su soledad: su salvación depende del acceso a esa misma sociedad que aparenta negar. Soledad y pecado, comunión y salud, se convierten en términos equivalentes.[3]

[3] Sin duda en la figura del "pachuco" hay muchos elementos que no aparecen en esta descripción. Pero el hibridismo de su lenguaje y de su porte me parecen indudable reflejo de una oscilación psíquica entre dos mundos irreductibles y que vanamente quiere conciliar y superar: el norteamericano y el mexicano. El "pachuco" no quiere ser mexicano, pero tampoco yanqui. Cuando llegué a Francia, en 1945, observé con asombro que la moda de los muchachos y muchachas de ciertos barrios —especialmente entre estudiantes y "artistas"— recordaba a la de los "pachucos" del sur de California. ¿Era una rápida e imaginativa adaptación de lo que esos jóvenes, aislados durante años, pensaban que era la moda norteamericana? Pregunté a varias personas. Casi todas me dijeron que esa moda era exclusivamente francesa y que había sido creada al fin de la ocupación. Algunos llegaban

Si esto ocurre con personas que hace mucho tiempo abandonaron su patria, que apenas si hablan el idioma de sus antepasados y para quienes esas secretas raíces que atan al hombre con su cultura se han secado casi por completo, ¿qué decir de los otros? Su reacción no es tan enfermiza, pero pasado el primer deslumbramiento que produce la grandeza de ese país, todos se colocan de modo instintivo en una actitud crítica, nunca de entrega. Recuerdo que una amiga a quien hacía notar la belleza de Berkeley, me decía: —"Sí, esto es muy hermoso, pero no logro comprenderlo del todo. Aquí hasta los pájaros hablan en inglés. ¿Cómo quieres que me gusten las flores si no conozco su nombre verdadero, su nombre inglés, un nombre que se ha fundido ya a los colores y a los pétalos, un nombre que ya es la cosa misma? Si yo digo bugambilia, tú piensas en las que has visto en tu pueblo, trepando un fresno, moradas y litúrgicas, o sobre un muro, cierta tarde, bajo una luz plateada. Y la bugambilia forma parte de tu ser, es una parte de tu cultura, es eso que recuerdas después de haberlo olvidado. Esto es muy hermoso, pero no es mío, porque lo que dicen el ciruelo y los eucaliptus no lo dicen para mí, ni a mí me lo dicen."

Sí, nos encerramos en nosotros mismos, hacemos más profunda y exacerbada la conciencia de todo lo que nos separa, nos aísla o nos distingue. Y nuestra soledad aumenta porque no buscamos a nuestros compatriotas, sea por temor a contemplarnos en ellos, sea por un penoso sentimiento defensivo de nuestra intimidad. El mexicano, fácil a la efusión sentimental, la rehuye. Vivimos ensimismados, como esos adolescentes taciturnos —y, de paso, diré que apenas si he encontrado esa especie entre los jóvenes norteamericanos— dueños de no se sabe qué secreto, guardado por una apariencia hosca, pero que espera sólo el momento propicio para revelarse.

hasta a considerarla como una de las formas de la "Resistencia"; su fantasía y barroquismo eran una respuesta al orden de los alemanes. Aunque no excluyo la posibilidad de una imitación más o menos indirecta, la coincidencia me parece notable y significativa.

No quisiera extenderme en la descripción de estos sentimientos ni en la aparición, muchas veces simultánea, de estados deprimidos o frenéticos. Todos ellos tienen en común el ser irrupciones inesperadas, que rompen un equilibrio difícil, hecho de la imposición de formas que nos oprimen o mutilan. La existencia de un sentimiento de real o supuesta inferioridad frente al mundo podría explicar, parcialmente al menos, la reserva con que el mexicano se presenta ante los demás y la violencia inesperada con que las fuerzas reprimidas rompen esa máscara impasible. Pero más vasta y profunda que el sentimiento de inferioridad, yace la soledad. Es imposible identificar ambas actitudes: sentirse solo no es sentirse inferior, sino distinto. El sentimiento de soledad, por otra parte, no es una ilusión —como a veces lo es el de inferioridad— sino la expresión de un hecho real: somos, de verdad, distintos. Y, de verdad, estamos solos.

No es el momento de analizar este profundo sentimiento de soledad —que se afirma y se niega, alternativamente, en la melancolía y el júbilo, en el silencio y el alarido, en el crimen gratuito y el fervor religioso—. En todos lados el hombre está solo. Pero la soledad del mexicano, bajo la gran noche de piedra de la Altiplanicie, poblada todavía de dioses insaciables, es diversa a la del norteamericano, extraviado en un mundo abstracto de máquinas, conciudadanos y preceptos morales. En el Valle de México el hombre se siente suspendido entre el cielo y la tierra y oscila entre poderes y fuerzas contrarias, ojos petrificados, bocas que devoran. La realidad, esto es, el mundo que nos rodea, existe por sí misma, tiene vida propia y no ha sido inventada, como en los Estados Unidos, por el hombre. El mexicano se siente arrancado del seno de esa realidad, a un tiempo creadora y destructora, Madre y Tumba. Ha olvidado el nombre, la palabra que lo liga a todas esas fuerzas en que se manifiesta la vida. Por eso grita o calla, apuñala o reza, se echa a dormir cien años.

La historia de México es la del hombre que busca su filiación, su origen. Sucesivamente afrancesado, hispanista, indigenista, "pocho", cruza la historia como un cometa de jade, que de vez en cuando relampaguea. En su excéntrica carrera ¿qué persigue? Va tras su catástrofe: quiere volver a ser sol, volver al centro de la vida de donde un día —¿en la Conquista o en la Independencia?— fue desprendido. Nuestra soledad tiene las mismas raíces que el sentimiento religioso. Es una orfandad, una oscura conciencia de que hemos sido arrancados del Todo y una ardiente búsqueda: una fuga y un regreso, tentativa por restablecer los lazos que nos unían a la creación.

Nada más alejado de este sentimiento que la soledad del norteamericano. En ese país el hombre no se siente arrancado del centro de la creación ni suspendido entre fuerzas enemigas. El mundo ha sido construido por él y está hecho a su imagen: es su espejo. Pero ya no se reconoce en esos objetos inhumanos, ni tampoco en sus semejantes. Como el mago inexperto, sus creaciones ya no le obedecen. Está solo entre sus obras, perdido en un "páramo de espejos", como dice José Gorostiza.

Algunos pretenden que todas las diferencias entre los norteamericanos y nosotros son económicas, esto es, que ellos son ricos y nosotros pobres, que ellos nacieron en la Democracia, el Capitalismo y la Revolución industrial y nosotros en la Contrarreforma, el Monopolio y el Feudalismo. Por más profunda y determinante que sea la influencia del sistema de producción en la creación de la cultura, me rehuso a creer que bastará con que poseamos una industria pesada y vivamos libres de todo imperialismo económico para que desaparezcan nuestras diferencias (más bien espero lo contrario y en esa posibilidad veo una de las grandezas de la Revolución). Mas ¿para qué buscar en la historia una respuesta que sólo nosotros podemos dar? Si somos nosotros los que nos sentimos distintos, ¿qué nos hace diferentes, y en qué consisten esas diferencias?

Voy a insinuar una respuesta que quizá no sea del todo satisfactoria. Con ella no pretendo sino aclararme a mí mismo el sentido de algunas experiencias y admito que tal vez no tenga más valor que el de constituir una respuesta personal a una pregunta personal.

Cuando llegué a los Estados Unidos me asombró por encima de todo la seguridad y la confianza de la gente, su aparente alegría y su aparente conformidad con el mundo que los rodeaba. Esta satisfacción no impide, claro está, la crítica —una crítica valerosa y decidida, que no es muy frecuente en los países del Sur, en donde prolongadas dictaduras nos han hecho más cautos para expresar nuestros puntos de vista—. Pero esa crítica respeta la estructura de los sistemas y nunca desciende hasta las raíces. Recordé entonces aquella distinción que hacía Ortega y Gasset entre los usos y los abusos, para definir lo que llamaba "espíritu revolucionario". El revolucionario es siempre radical, quiero decir, no anhela corregir los abusos sino los usos mismos. Casi todas las críticas que escuché en labios de norteamericanos eran de carácter reformista: dejaban intacta la estructura social o cultural y sólo tendían a limitar o a perfeccionar estos o aquellos procedimientos. Me pareció entonces —y me sigue pareciendo todavía— que los Estados Unidos son una sociedad que quiere realizar sus ideales, que no desea cambiarlos por otros y que, por más amenazador que le parezca el futuro, tiene confianza en su supervivencia. No quisiera discutir ahora si este sentimiento se encuentra justificado por la realidad o por la razón, sino solamente señalar su existencia. Esta confianza en la bondad natural de la vida o en la infinita riqueza de sus posibilidades, es cierto que no se encuentra en la más reciente literatura norteamericana, que más bien se complace en la pintura de un mundo sombrío, pero era visible en la conducta, en las palabras y aun en el rostro de casi todas las personas que trataba.[4]

Por otra parte, se me había hablado del realismo americano y, también, de su ingenuidad, cualidades que al parecer se excluyen. Para nosotros un realista siempre es un pesimista. Y

[4] Estas líneas fueron escritas antes de que la opinión pública se diese clara cuenta del peligro de aniquilamiento universal que entrañan las armas nucleares. Desde entonces los norteamericanos han perdido su optimismo pero no su confianza, una confianza hecha de resignación y obstinación. En realidad, aunque muchos lo afirman de labios para afuera, nadie cree —nadie quiere creer— que la amenaza es real e inmediata.

una persona ingenua no puede serlo mucho tiempo si de veras contempla la vida con realismo. ¿No sería más exacto decir que los norteamericanos no desean tanto conocer la realidad como utilizarla? En algunos casos —por ejemplo, ante la muerte— no sólo no quieren conocerla sino que visiblemente evitan su idea. Conocí algunas señoras ancianas que todavía tenían ilusiones y que hacían planes para el futuro, como si éste fuera inagotable. Desmentían así aquella frase de Nietzsche, que condena a las mujeres a un precoz escepticismo, porque "en tanto que los hombres tienen ideales, las mujeres sólo tienen ilusiones". Así pues, el realismo americano es de una especie muy particular y su ingenuidad no excluye el disimulo y aun la hipocresía. Una hipocresía que si es un vicio del carácter también es una tendencia del pensamiento, pues consiste en la negación de todos aquellos aspectos de la realidad que nos parecen desagradables, irracionales o repugnantes.

La contemplación del horror, y aun la familiaridad y la complacencia en su trato, constituyen contrariamente uno de los rasgos más notables del carácter mexicano. Los Cristos ensangrentados de las iglesias pueblerinas, el humor macabro de ciertos encabezados de los diarios, los "velorios", la costumbre de comer el 2 de noviembre panes y dulces que fingen huesos y calaveras, son hábitos, heredados de indios y españoles, inseparables de nuestro ser. Nuestro culto a la muerte es culto a la vida, del mismo modo que el amor, que es hambre de vida, es anhelo de muerte. El gusto por la autodestrucción no se deriva nada más de tendencias masoquistas, sino también de una cierta religiosidad.

Y no terminan aquí nuestras diferencias. Ellos son crédulos, nosotros creyentes; aman los cuentos de hadas y las historias policíacas, nosotros los mitos y las leyendas. Los mexicanos mienten por fantasía, por desesperación o para superar su vida sórdida; ellos no mienten, pero sustituyen la verdad verdadera, que es siempre desagradable, por una verdad social. Nos emborrachamos para confesarnos; ellos para olvidarse. Son optimistas; nosotros nihilistas —sólo que nuestro nihilismo no es intelectual, sino una reacción instintiva: por lo tanto es irrefutable—. Los mexicanos son desconfiados; ellos abiertos. Nosotros somos tristes y sarcásticos; ellos alegres y humorísticos. Los norteamericanos quieren comprender; nosotros contemplar. Son activos; nosotros quietistas: disfrutamos de nuestras llagas como ellos de sus inventos. Creen en la higiene, en la salud, en el trabajo, en la felicidad, pero tal vez no conocen la verdadera alegría, que es una embriaguez y un torbellino. En el alarido de la noche de fiesta nuestra voz estalla en luces y vida y muerte se confunden; su vitalidad se petrifica en una sonrisa: niega la vejez y la muerte, pero inmoviliza la vida.

¿Y cuál es la raíz de tan contrarias actitudes? Me parece que para los norteamericanos el mundo es algo que se puede perfeccionar; para nosotros, algo que se puede redimir. Ellos son modernos. Nosotros, como sus antepasados puritanos, creemos que el pecado y la muerte constituyen el fondo último de la naturaleza humana. Sólo que el puritano identifica la pureza con la salud. De ahí el ascetismo que purifica, y sus consecuencias: el culto al trabajo por el trabajo, la vida sobria —a pan y agua—, la inexistencia del cuerpo en tanto que posibilidad de perderse —o encontrarse— en otro cuerpo. Todo contacto contamina. Razas, ideas, costumbres, cuerpos extraños llevan en sí gérmenes de perdición e impureza. La higiene social completa la del alma y la del cuerpo. En cambio los mexicanos, antiguos o modernos, creen en la comunión y en la fiesta; no hay salud sin contacto. Tlazoltéotl, la diosa azteca de la inmundicia y la fecundidad, de los humores terrestres y humanos, era también la diosa de los baños de vapor, del amor sexual y de la confesión. Y no hemos cambiado tanto: el catolicismo también es comunión.

Ambas actitudes me parecen irreconciliables y, en su estado actual, insuficientes. Mentiría si dijera que alguna vez he visto transformado el sentimiento de culpa en otra cosa que no sea rencor, solitaria desesperación o ciega idolatría. La religiosidad de nuestro pueblo es muy profunda —tanto como su inmensa miseria y desamparo— pero su fervor no hace sino darle vueltas a una noria exhausta desde hace siglos. Mentiría también si dijera que creo en la fertilidad de una sociedad fundada en la imposición de ciertos principios modernos. La historia contemporánea invalida la creencia en el hombre como una criatura capaz de ser modificada esencialmente por estos o aquellos instrumentos pedagógicos o sociales. El hombre no es solamente fruto de la historia y de las fuerzas que la mueven, como se pretende ahora; tampoco la historia es el resultado de la sola voluntad humana —presunción en que se funda, implícitamente, el sistema de vida norteamericano—. El hombre, me parece, no está en la historia: es historia.

El sistema norteamericano sólo quiere ver la parte positiva de la realidad. Desde la infancia se somete a hombres y mujeres a un inexorable proceso de adaptación; ciertos principios, contenidos en breves fórmulas, son repetidos sin cesar por la prensa, la radio, las iglesias, las escuelas y esos seres bondadosos y siniestros que son las madres y esposas norteamericanas. Presos en esos esquemas, como la planta en una maceta que la ahoga, el hombre y la mujer nunca crecen o maduran. Semejante confabulación no puede sino provocar violentas rebeliones individuales. La espontaneidad se venga en mil formas, sutiles o terribles. La máscara benevolente, atenta y desierta, que sustituye a la movilidad dramática del rostro humano, y la sonrisa que la fija casi dolorosamente, muestran hasta qué punto la intimidad puede ser devastada por la árida victoria de los principios sobre los instintos. El sadismo subyacente en casi todas las formas de relación de la sociedad norteamericana contemporánea, acaso no sea sino una manera de escapar a la petrificación que impone la moral de la pureza aséptica. Y las religiones nuevas, las sectas, la embriaguez que libera y abre las puertas de la "vida". Es sorprendente la significación casi fisiológica y destructiva de esa palabra: vivir quiere decir excederse, romper normas, ir hasta el fin (¿de qué?), "experimentar sensaciones". Cohabitar es una "experiencia" (por eso mismo unilateral y frustrada). Pero no es el objeto de estas líneas describir esas reacciones. Baste decir que todas ellas, como las opuestas mexicanas, me parecen reveladoras de nuestra común incapacidad para reconciliarnos con el fluir de la vida.

UN EXAMEN de los grandes mitos humanos relativos al origen de la especie y al sentido de nuestra presencia en la tierra, revela que toda cultura —entendida como creación y participación común de valores— parte de la convicción de que el orden del Universo ha sido roto o violado por el hombre, ese intruso. Por el "hueco" o abertura de la herida que el hombre ha infligido en la carne compacta del mundo, puede irrumpir de nuevo el caos, que es el estado antiguo y, por decirlo así, *natural* de la vida. El regreso "del antiguo Desorden Original" es una amenaza que obsesiona a todas las conciencias en todos los tiempos. Hölderlin expresa en varios poemas el pavor ante la fatal seducción que ejerce sobre el Universo y sobre el hombre la gran boca vacía del caos:

> ...si, fuera del camino recto,
> como caballos furiosos, se desbocan los Elementos
> cautivos y las antiguas
> leyes de la Tierra. Y *un deseo de volver a lo informe*
> *brota incesante.* Hay mucho
> que defender. Hay que ser fieles.[5]

Hay que ser fieles, porque hay *mucho que defender*. El hombre colabora activamente a la defensa del orden universal, sin cesar amenazado por lo informe. Y cuando éste se derrumba debe crear uno nuevo, esta vez suyo. Pero el exilio, la expiación y la penitencia deben preceder a la reconciliación del hombre con el universo. Ni mexicanos ni norteamericanos hemos logrado esta reconciliación. Y lo que es más grave, temo que hayamos perdido el sentido mismo de toda actividad humana: asegurar la vigencia de un orden en que

---

[5] *Los frutos maduros.*

coincidan la conciencia y la inocencia, el hombre y la naturaleza. Si la soledad del mexicano es la de las aguas estan-
cadas, la del norteamericano es la del espejo. Hemos dejado
de ser fuentes.

Es posible que lo que llamamos pecado no sea sino la expresión mítica de la conciencia de nosotros mismos, de nuestra soledad. Recuerdo que en España, durante la guerra, tuve
la revelación de "otro hombre" y de otra clase de soledad: ni
cerrada ni maquinal, sino abierta a la trascendencia. Sin duda
la cercanía de la muerte y la fraternidad de las armas producen, en todos los tiempos y en todos los países, una atmósfera
propicia a lo extraordinario, a todo aquello que sobrepasa la
condición humana y rompe el círculo de soledad que rodea a
cada hombre. Pero en aquellos rostros —rostros obtusos y obstinados, brutales y groseros, semejantes a los que, sin complacencia y con un realismo, acaso encarnizado, nos ha dejado
la pintura española— había algo como una desesperación esperanzada, algo muy concreto y al mismo tiempo muy universal. No he visto después rostros parecidos.

Mi testimonio puede ser tachado de ilusorio. Considero inútil detenerme en esa objeción: esa evidencia ya forma parte
de mi ser. Pensé entonces —y lo sigo pensando— que en aquellos hombres amanecía "otro hombre". El sueño español —no
por español, sino por universal y, al mismo tiempo, por concreto, porque era un sueño de carne y hueso y ojos atónitos—
fue luego roto y manchado. Y los rostros que vi han vuelto
a ser lo que eran antes de que se apoderase de ellos aquella
alborozada seguridad (¿en qué: en la vida o en la muerte?):
rostros de gente humilde y ruda. Pero su recuerdo no me
abandona. Quien ha visto la Esperanza, no la olvida. La busca bajo todos los cielos y entre todos los hombres. Y sueña
que un día va a encontrarla de nuevo, no sabe dónde, acaso
entre los suyos. En cada hombre late la posibilidad de ser
o, más exactamente, *de volver a ser,* otro hombre.

II

MÁSCARAS MEXICANAS

*Corazón apasionado
disimula tu tristeza.*

Canción popular

Viejo o adolescente, criollo o mestizo, general, obrero o licenciado, el mexicano se me aparece como un ser que se encierra y se preserva: máscara el rostro y máscara la sonrisa. Plantado en su arisca soledad, espinoso y cortés a un tiempo, todo le sirve para defenderse: el silencio y la palabra, la cortesía y el desprecio, la ironía y la resignación. Tan celoso de su intimidad como de la ajena, ni siquiera se atreve a rozar con los ojos al vecino: una mirada puede desencadenar la cólera de esas almas cargadas de electricidad. Atraviesa la vida como desollado; todo puede herirle, palabras y sospecha de palabras. Su lenguaje está lleno de reticencias, de figuras y alusiones, de puntos suspensivos; en su silencio hay repliegues, matices, nubarrones, arcoíris súbitos, amenazas indescifrables. Aun en la disputa prefiere la expresión velada a la injuria: "al buen entendedor pocas palabras". En suma, entre la realidad y su persona establece una muralla, no por invisible menos infranqueable, de impasibilidad y lejanía. El mexicano siempre está lejos, lejos del mundo y de los demás. Lejos, también de sí mismo.

El lenguaje popular refleja hasta qué punto nos defendemos del exterior: el ideal de la "hombría" consiste en no "rajarse" nunca. Los que se "abren" son cobardes. Para nosotros, contrariamente a lo que ocurre con otros pueblos, abrirse es una debilidad o una traición. El mexicano puede doblarse, humillarse, "agacharse", pero no "rajarse", esto es, permitir que el mundo exterior penetre en su intimidad. El "rajado"

26

es de poco fiar, un traidor o un hombre de dudosa fidelidad, que cuenta los secretos y es incapaz de afrontar los peligros como se debe. Las mujeres son seres inferiores porque, al entregarse, se abren. Su inferioridad es constitucional y radica en su sexo, en su "rajada", herida que jamás cicatriza.

El hermetismo es un recurso de nuestro recelo y desconfianza. Muestra que instintivamente consideramos peligroso al medio que nos rodea. Esta reacción se justifica si se piensa en lo que ha sido nuestra historia y en el carácter de la sociedad que hemos creado. La dureza y hostilidad del ambiente —y esa amenaza, escondida e indefinible, que siempre flota en el aire— nos obligan a cerrarnos al exterior, como esas plantas de la meseta que acumulan sus jugos tras una cáscara espinosa. Pero esta conducta, legítima en su origen, se ha convertido en un mecanismo que funciona solo, automáticamente. Ante la simpatía y la dulzura nuestra respuesta es la reserva, pues no sabemos si esos sentimientos son verdaderos o simulados. Y además, nuestra integridad masculina corre tanto peligro ante la benevolencia como ante la hostilidad. Toda abertura de nuestro ser entraña una dimisión de nuestra hombría.

Nuestras relaciones con los otros hombres también están teñidas de recelo. Cada vez que el mexicano se confía a un amigo o a un conocido, cada vez que se "abre", abdica. Y teme que el desprecio del confidente siga a su entrega. Por eso la confidencia deshonra y es tan peligrosa para el que la hace como para el que la escucha; no nos ahogamos en la fuente que nos refleja, como Narciso, sino que la cegamos. Nuestra cólera no se nutre nada más del temor de ser utilizados por nuestros confidentes —temor general a todos los hombres— sino de la vergüenza de haber renunciado a nuestra soledad. El que se confía, se enajena; "me he vendido con Fulano", decimos cuando nos confiamos a alguien que no lo merece. Esto es, nos hemos "rajado", alguien ha penetrado en el castillo fuerte. La distancia entre hombre y hombre, creadora del mutuo respeto y la mutua seguridad, ha desaparecido. No solamente estamos a merced del intruso, sino que hemos abdicado.

Todas estas expresiones revelan que el mexicano considera la vida como lucha, concepción que no lo distingue del resto de los hombres modernos. El ideal de hombría para otros pueblos consiste en una abierta y agresiva disposición al combate; nosotros acentuamos el carácter defensivo, listos a repeler el ataque. El "macho" es un ser hermético, encerrado en sí mismo, capaz de guardarse y guardar lo que se le confía. La hombría se mide por la invulnerabilidad ante las armas enemigas o ante los impactos del mundo exterior. El estoicismo es la más alta de nuestras virtudes guerreras y políticas. Nuestra historia está llena de frases y episodios que revelan la indiferencia de nuestros héroes ante el dolor o el peligro. Desde niños nos enseñan a sufrir con dignidad las derrotas, concepción que no carece de grandeza. Y si no todos somos estoicos e impasibles —como Juárez y Cuauhtémoc— al menos procuramos ser resignados, pacientes y sufridos. La resignación es una de nuestras virtudes populares. Más que el brillo de la victoria nos conmueve la entereza ante la adversidad.

La preeminencia de lo cerrado frente a lo abierto no se manifiesta sólo como impasibilidad y desconfianza, ironía y recelo, sino como amor a la Forma. Ésta contiene y encierra a la intimidad, impide sus excesos, reprime sus explosiones, la separa y aísla, la preserva. La doble influencia indígena y española se conjugan en nuestra predilección por la ceremonia, las fórmulas y el orden. El mexicano, contra lo que supone una superficial interpretación de nuestra historia, aspira a crear un mundo ordenado conforme a principios claros. La agitación y encono de nuestras luchas políticas prueba hasta qué punto las nociones jurídicas juegan un papel importante en nuestra vida pública. Y en la de todos los días el mexicano es un hombre que se esfuerza por ser formal y que muy fácilmente se convierte en formulista. Y es explicable. El orden —jurídico, social, religioso o artístico— constituye una esfera segura y estable. En su ámbito basta con ajustarse a los modelos y principios que regulan la vida; nadie, para manifestarse, necesita recurrir a la continua invención que exige una sociedad libre. Quizá nuestro tradicionalismo —que es una de las constantes de nuestro ser y lo que da coherencia y antigüedad a nuestro pueblo— parte del amor que profesamos a la Forma.

Las complicaciones rituales de la cortesía, la persistencia del humanismo clásico, el gusto por las formas cerradas en la poesía (el soneto y la décima, por ejemplo), nuestro amor por la geometría en las artes decorativas, por el dibujo y la composición en la pintura, la pobreza de nuestro Romanticismo frente a la excelencia de nuestro arte barroco, el formalismo de nuestras instituciones políticas y, en fin, la peligrosa inclinación que mostramos por las fórmulas —sociales, morales y burocráticas—, son otras tantas expresiones de esta tendencia de nuestro carácter. El mexicano no sólo no se abre; tampoco se derrama.

A veces las formas nos ahogan. Durante el siglo pasado los liberales vanamente intentaron someter la realidad del país a la camisa de fuerza de la Constitución de 1857. Los resultados fueron la Dictadura de Porfirio Díaz y la Revolución de 1910. En cierto sentido la historia de México, como la de cada mexicano, consiste en una lucha entre las formas y fórmulas en que se pretende encerrar a nuestro ser y las explosiones con que nuestra espontaneidad se venga. Pocas veces la Forma ha sido una creación original, un equilibrio alcanzado no a expensas sino gracias a la expresión de nuestros instintos y quereres. Nuestras formas jurídicas y morales, por el contrario, mutilan con frecuencia a nuestro ser, nos impiden expresarnos y niegan satisfacción a nuestros apetitos vitales.

La preferencia por la Forma, inclusive vacía de contenido, se manifiesta a lo largo de la historia de nuestro arte, desde la época precortesiana hasta nuestros días. Antonio Castro Leal, en su excelente estudio sobre Juan Ruiz de Alarcón, muestra cómo la reserva frente al romanticismo —que es, por definición, expansivo y abierto— se expresa ya en el siglo XVII, esto es, antes de que siquiera tuviésemos conciencia de nacionali-

dad. Tenían razón los contemporáneos de Juan Ruiz de Alarcón al acusarlo de entrometido, aunque más bien hablasen de
la deformidad de su cuerpo que de la singularidad de su obra.
En efecto, la porción más característica de su teatro niega al
de sus contemporáneos españoles. Y su negación contiene, en
cifra, la que México ha opuesto siempre a España. El teatro
de Alarcón es una respuesta a la vitalidad española, afirmativa
y deslumbrante en esa época, y que se expresa a través de un
gran Sí a la historia y a las pasiones. Lope exalta el amor, lo
heroico, lo sobrehumano, lo increíble; Alarcón opone a estas
virtudes desmesuradas otras más sutiles y burguesas: la dignidad, la cortesía, un estoicismo melancólico, un pudor sonriente.
Los problemas morales interesan poco a Lope, que ama la acción, como todos sus contemporáneos. Más tarde Calderón
mostrará el mismo desdén por la psicología; los conflictos morales y las oscilaciones, caídas y cambios del alma humana sólo
son metáforas que transparentan un drama teológico cuyos dos
personajes son el pecado original y la Gracia divina. En las
comedias más representativas de Alarcón, en cambio, el cielo
cuenta poco, tan poco como el viento pasional que arrebata a
los personajes lopescos. El hombre, nos dice el mexicano, es
un compuesto, y el mal y el bien se mezclan sutilmente en su
alma. En lugar de proceder por síntesis, utiliza el análisis:
el héroe se vuelve problema. En varias comedias se plantea la
cuestión de la mentira: ¿hasta qué punto el mentiroso de veras
miente, de veras se propone engañar?; ¿no es él la primera
víctima de sus engaños y no es a sí mismo a quien engaña?
El mentiroso se miente a sí mismo: tiene miedo de sí. Al plan-
tearse el problema de la autenticidad, Alarcón anticipa uno de
los temas constantes de reflexión del mexicano, que más tarde
recogerá Rodolfo Usigli en *El gesticulador*.

En el mundo de Alarcón no triunfan la pasión ni la Gracia;
todo se subordina a lo razonable; sus arquetipos son los de la
moral que sonríe y perdona. Al sustituir los valores vitales y
románticos de Lope por los abstractos de una moral universal
y razonable, ¿no se evade, no nos escamotea su propio ser? Su

negación, como la de México, no afirma nuestra singularidad frente a la de los españoles. Los valores que postula Alarcón pertenecen a todos los hombres y son una herencia grecorromana tanto como una profecía de la moral que impondrá el mundo burgués. No expresan nuestra espontaneidad, ni resuelven nuestros conflictos; son Formas que no hemos creado ni sufrido, máscaras. Sólo hasta nuestros días hemos sido capaces de enfrentar al Sí español un Sí mexicano y no una afirmación intelectual, vacía de nuestras particularidades. La Revolución mexicana, al descubrir las artes populares, dio origen a la pintura moderna; al descubrir el lenguaje de los mexicanos, creó la nueva poesía.

Si en la política y el arte el mexicano aspira a crear mundos cerrados, en la esfera de las relaciones cotidianas procura que imperen el pudor, el recato y la reserva ceremoniosa. El pudor, que nace de la vergüenza ante la desnudez propia o ajena, es un reflejo casi físico entre nosotros. Nada más alejado de esta actitud que el miedo al cuerpo, característico de la vida norteamericana. No nos da miedo ni vergüenza nuestro cuerpo; lo afrontamos con naturalidad y lo vivimos con cierta plenitud —a la inversa de lo que ocurre con los puritanos. Para nosotros el cuerpo existe; da gravedad y límites a nuestro ser. Lo sufrimos y gozamos; no es un traje que estamos acostumbrados a habitar, ni algo ajeno a nosotros: somos nuestro cuerpo. Pero las miradas extrañas nos sobresaltan, porque el cuerpo no vela intimidad, sino la descubre. El pudor, así, tiene un carácter defensivo, como la muralla china de la cortesía o las cercas de órganos y cactos que separan en el campo a los jacales de los campesinos. Y por eso la virtud que más estimamos en las mujeres es el recato, como en los hombres la reserva. Ellas también deben defender su intimidad.

Sin duda en nuestra concepción del recato femenino interviene la vanidad masculina del señor —que hemos heredado de indios y españoles. Como casi todos los pueblos, los mexicanos consideran a la mujer como un instrumento, ya de los deseos del hombre, ya de los fines que le asignan la ley, la sociedad o la moral. Fines, hay que decirlo, sobre los que nunca se le ha pedido su consentimiento y en cuya realización participa sólo pasivamente, en tanto que "depositaria" de ciertos valores. Prostituta, diosa, gran señora, amante, la mujer trasmite o conserva, pero no crea, los valores y energías que le confían la naturaleza o la sociedad. En un mundo hecho a la imagen de los hombres, la mujer es sólo un reflejo de la voluntad y querer masculinos. Pasiva, se convierte en diosa, amada, ser que encarna los elementos estables y antiguos del universo: la tierra, madre y virgen; activa, es siempre función, medio, canal. La feminidad nunca es un fin en sí mismo, como lo es la hombría.

En otros países estas funciones se realizan a la luz pública y con brillo. En algunos se reverencia a las prostitutas o a las vírgenes; en otros, se premia a las madres; en casi todos, se adula y respeta a la gran señora. Nosotros preferimos ocultar esas gracias y virtudes. El secreto debe acompañar a la mujer. Pero la mujer no sólo debe ocultarse sino que, además, debe ofrecer cierta impasibilidad sonriente al mundo exterior. Ante el escarceo erótico, debe ser "decente"; ante la adversidad, "sufrida". En ambos casos su respuesta no es instintiva ni personal, sino conforme a un modelo genérico. Y ese modelo, como en el caso del "macho", tiende a subrayar los aspectos defensivos y pasivos, en una gama que va desde el pudor y la "decencia" hasta el estoicismo, la resignación y la impasibilidad.

La herencia hispanoárabe no explica completamente esta conducta. La actitud de los españoles frente a las mujeres es muy simple y se expresa, con brutalidad y concisión, en dos refranes: "la mujer en casa y con la pata rota" y "entre santa y santo, pared de cal y canto". La mujer es una fiera doméstica, lujuriosa y pecadora de nacimiento, a quien hay que someter con el palo y conducir con el "freno de la religión". De ahí que muchos españoles consideren a las extranjeras —y especialmente a las que pertenecen a países de raza o religión diversas a las suyas— como presa fácil. Para los mexicanos la mujer es un ser oscuro, secreto y pasivo. No se le atribuyen malos instintos: se pretende que ni siquiera los tiene. Mejor dicho, no son suyos sino de la especie; la mujer encarna la voluntad de la vida, que es por esencia impersonal, y en este hecho radica su imposibilidad de tener una vida personal. Ser ella misma, dueña de su deseo, su pasión o su capricho, es ser infiel a sí misma. Bastante más libre y pagano que el español —como heredero de las grandes religiones naturalistas precolombinas— el mexicano no condena al mundo natural. Tampoco el amor sexual está teñido de luto y horror, como en España. La peligrosidad no radica en el instinto sino en asumirlo personalmente. Reaparece así la idea de pasividad: tendida o erguida, vestida o desnuda, la mujer nunca es ella misma. Manifestación indiferenciada de la vida, es el canal del apetito cósmico. En este sentido, no tiene deseos propios.

Las norteamericanas proclaman también la ausencia de instintos y deseos, pero la raíz de su pretensión es distinta y hasta contraria. La norteamericana oculta o niega ciertas partes de su cuerpo —y, con más frecuencia, de su psiquis: son inmorales y, por lo tanto, no existen. Al negarse, reprime su espontaneidad. La mexicana simplemente no tiene voluntad. Su cuerpo duerme y sólo se enciende si alguien lo despierta. Nunca es pregunta, sino respuesta, materia fácil y vibrante que la imaginación y la sensualidad masculina esculpen. Frente a la actividad que despliegan las otras mujeres, que desean cautivar a los hombres a través de la agilidad de su espíritu o del movimiento de su cuerpo, la mexicana opone un cierto hieratismo, un reposo hecho al mismo tiempo de espera y desdén. El hombre revolotea a su alrededor, la festeja, la canta, hace caracolear su caballo o su imaginación. Ella se vela en el recato y la inmovilidad. Es un ídolo. Como todos los ídolos, es dueña de fuerzas magnéticas, cuya eficacia y poder crecen a medida que el foco emisor es más pasivo y secreto. Analogía cósmica: la mujer no busca, atrae. Y el centro de su atracción es su sexo, oculto, pasivo. Inmóvil sol secreto.

Esta concepción —bastante falsa si se piensa que la mexicana es muy sensible e inquieta— no la convierte en mero objeto, en cosa. La mujer mexicana, como todas las otras, es un símbolo que representa la estabilidad y continuidad de la raza. A su significación cósmica se alía la social: en la vida diaria su función consiste en hacer imperar la ley y el orden, la piedad y la dulzura. Todos cuidamos que nadie "falte al respeto a las señoras", noción universal, sin duda, pero que en México se lleva hasta sus últimas consecuencias. Gracias a ella se suavizan muchas de las asperezas de nuestras relaciones de "hombre a hombre". Naturalmente habría que preguntar a las mexicanas su opinión; ese "respeto" es a veces una hipócrita manera de sujetarlas e impedirles que se expresen. Quizá muchas preferirían ser tratadas con menos "respeto" (que, por lo demás, se les concede solamente en público) y con más libertad y autenticidad. Esto es, como seres humanos y no como símbolos o funciones. Pero, ¿cómo vamos a consentir que ellas se expresen, si toda nuestra vida tiende a paralizarse en una máscara que oculte nuestra intimidad?

Ni la modestia propia, ni la vigilancia social, hacen invulnerable a la mujer. Tanto por la fatalidad de su anatomía "abierta" como por su situación social —depositaria de la honra, a la española— está expuesta a toda clase de peligros, contra los que nada pueden la moral personal ni la protección masculina. El mal radica en ella misma; por naturaleza es un ser "rajado", abierto. Mas, en virtud de un mecanismo de compensación fácilmente explicable, se hace virtud de su flaqueza original y se crea el mito de la "sufrida mujer mexicana". El ídolo —siempre vulnerable, siempre en trance de convertirse en ser humano— se transforma en víctima, pero en víctima endurecida e insensible al sufrimiento, encallecida a fuerza de sufrir. (Una persona "sufrida" es menos sensible al dolor que las que apenas si han sido tocadas por la adversidad.) Por obra del sufrimiento, las mujeres se vuelven como los hombres: invulnerables, impasibles y estoicas.

Se dirá que al transformar en virtud algo que debería ser motivo de vergüenza, sólo pretendemos descargar nuestra conciencia y encubrir con una imagen una realidad atroz. Es cierto, pero también lo es que al atribuir a la mujer la misma invulnerabilidad a que aspiramos, recubrimos con una inmunidad moral su fatalidad anatómica, abierta al exterior. Gracias al sufrimiento, y a su capacidad para resistirlo sin protesta, la mujer trasciende su condición y adquiere los mismos atributos del hombre.

Es curioso advertir que la imagen de la "mala mujer" casi siempre se presenta acompañada de la idea de actividad. A la inversa de la "abnegada madre", de la "novia que espera" y del ídolo hermético, seres estáticos, la "mala" va y viene, busca a los hombres, los abandona. Por un mecanismo análogo al descrito más arriba, su extrema movilidad la vuelve invulnerable. Actividad e impudicia se alían en ella y acaban por petrificar su alma. La "mala" es dura, impía, independiente, como el "macho". Por caminos distintos, ella también trasciende su fisiología y se cierra al mundo.

Es significativo, por otra parte, que el homosexualismo masculino sea considerado con cierta indulgencia, por lo que toca al agente activo. El pasivo, al contrario, es un ser degradado y abyecto. El juego de los "albures" —esto es, el combate verbal hecho de alusiones obscenas y de doble sentido, que tanto se practica en la ciudad de México— transparenta esta ambigua concepción. Cada uno de los interlocutores, a través de trampas verbales y de ingeniosas combinaciones lingüísticas, procura anonadar a su adversario; el vencido es el que no puede contestar, el que se traga las palabras de su enemigo. Y esas palabras están teñidas de alusiones sexualmente agresivas; el perdidoso es poseído, violado, por el otro. Sobre él caen las burlas y escarnios de los espectadores. Así pues, el homosexualismo masculino es tolerado, a condición de que se trate de una violación del agente pasivo. Como en el caso de las relaciones heterosexuales, lo importante es "no abrirse" y, simultáneamente, rajar, herir al contrario.

ME PARECE que todas estas actitudes, por diversas que sean sus raíces, confirman el carácter "cerrado" de nuestras reacciones frente al mundo o frente a nuestros semejantes. Pero no nos bastan los mecanismos de preservación y defensa. La simulación, que no acude a nuestra pasividad, sino que exige una invención activa y que se recrea a sí misma a cada instante, es una de nuestras formas de conducta habituales. Mentimos por placer y fantasía, sí, como todos los pueblos imaginativos, pero también para ocultarnos y ponernos al abrigo de intrusos. La mentira posee una importancia decisiva en nuestra vida cotidiana, en la política, el amor, la amistad. Con ella no pretendemos nada más engañar a los demás, sino a nosotros mismos. De ahí su fertilidad y lo que distingue a nuestras mentiras de las groseras invenciones de otros pueblos. La mentira es un juego trágico, en el que arriesgamos parte de nuestro ser. Por eso es estéril su denuncia.

El simulador pretende ser lo que no es. Su actividad reclama una constante improvisación, un ir hacia adelante siempre, entre arenas movedizas. A cada minuto hay que rehacer, recrear, modificar el personaje que fingimos, hasta que llega un momento en que realidad y apariencia, mentira y verdad, se confunden. De tejido de invenciones para deslumbrar al prójimo, la simulación se trueca en una forma superior, por artística, de la realidad. Nuestras mentiras reflejan, simultáneamente, nuestras carencias y nuestros apetitos, lo que no somos y lo que deseamos ser. Simulando, nos acercamos a nuestro modelo y a veces el gesticulador, como ha visto con hondura Usigli, se funde con sus gestos, los hace auténticos. La muerte del profesor Rubio lo convierte en lo que deseaba ser: el general Rubio, un revolucionario sincero y un hombre capaz de impulsar y purificar a la Revolución estancada. En la obra de Usigli el profesor Rubio se inventa a sí mismo y se transforma en general; su mentira es tan verdadera que Navarro, el corrompido, no tiene más remedio que volver a matar en él a su antiguo jefe, el general Rubio. Mata en él la verdad de la Revolución.

Si por el camino de la mentira podemos llegar a la autenticidad, un exceso de sinceridad puede conducirnos a formas refinadas de la mentira. Cuando nos enamoramos nos "abrimos", mostramos nuestra intimidad, ya que una vieja tradición quiere que el que sufre de amor exhiba sus heridas ante la que ama. Pero al descubrir sus llagas de amor, el enamorado transforma su ser en una imagen, en un objeto que entrega a la contemplación de la mujer —y de sí mismo—. Al mostrarse, invita a que lo contemplen con los mismos ojos piadosos con que él se contempla. La mirada ajena ya no lo desnuda; lo recubre de piedad. Y al presentarse como espectáculo y pretender que se le mire con los mismos ojos con que él se ve, se evade del juego erótico, pone a salvo su verdadero ser, lo sustituye por una imagen. Substrae su intimidad, que se refugia en sus ojos, esos ojos que son nada más contemplación y piedad de sí mismo. Se vuelve su imagen y la mirada que la contempla.

En todos los tiempos y en todos los climas las relaciones humanas —y especialmente las amorosas— corren el riesgo de volverse equívocas. Narcisismo y masoquismo no son tendencias exclusivas del mexicano. Pero es notable la frecuencia con que canciones populares, refranes y conductas cotidianas aluden al amor como falsedad y mentira. Casi siempre eludimos los riesgos de una relación desnuda a través de una exageración, en su origen sincera, de nuestros sentimientos. Asimismo, es revelador cómo el carácter combativo del erotismo se acentúa entre nosotros y se encona. El amor es una tentativa de penetrar en otro ser, pero sólo puede realizarse a condición de que la entrega sea mutua. En todas partes es difícil este abandono de sí mismo; pocos coinciden en la entrega y más pocos aún logran trascender esa etapa posesiva y gozar del amor como lo que realmente es: un perpetuo descubrimiento, una inmersión en las aguas de la realidad y una recreación constante. Nosotros concebimos el amor como conquista y como lucha. No se trata tanto de penetrar la realidad, a través de un cuerpo, como de violarla. De ahí que la imagen del amante afortunado —herencia, acaso, del Don Juan español— se confunda con la del hombre que se vale de sus sentimientos —reales o inventados— para obtener a la mujer.

La simulación es una actividad parecida a la de los actores

y puede expresarse en tantas formas como personajes fingimos. Pero el actor, si lo es de veras, se entrega a su personaje y lo encarna plenamente, aunque después, terminada la representación, lo abandone como su piel la serpiente. El simulador jamás se entrega y se olvida de sí, pues dejaría de simular si se fundiera con su imagen. Al mismo tiempo, esa ficción se convierte en una parte inseparable —y espuria— de su ser: está condenado a representar toda su vida, porque entre su personaje y él se ha establecido una complicidad que nada puede romper, excepto la muerte o el sacrificio. La mentira se instala en su ser y se convierte en el fondo último de su personalidad.

SIMULAR ES inventar o, mejor, aparentar y así eludir nuestra condición. La disimulación exige mayor sutileza: el que disimula no representa, sino que quiere hacer invisible, pasar desapercibido —sin renunciar a su ser—. El mexicano excede en el disimulo de sus pasiones y de sí mismo. Temeroso de la mirada ajena, se contrae, se reduce, se vuelve sombra y fantasma, eco. No camina, se desliza; no propone, insinúa; no replica, rezonga; no se queja, sonríe; hasta cuando canta —si no estalla y se abre el pecho— lo hace entre dientes y a media voz, disimulando su cantar:

> Y es tanta la tiranía
> de esta disimulación
> que aunque de raros anhelos
> se me hincha el corazón,
> tengo miradas de reto
> y voz de resignación.

Quizá el disimulo nació durante la Colonia. Indios y mestizos tenían, como en el poema de Reyes, que cantar quedo, pues "entre dientes mal se oyen palabras de rebelión". El mundo colonial ha desaparecido, pero no el temor, la desconfianza y el recelo. Y ahora no solamente disimulamos nuestra cólera sino nuestra ternura. Cuando pide disculpas, la gente del cam-

po suele decir "Disimule usted, señor". Y disimulamos. Nos
disimulamos con tal ahinco que casi no existimos.

En sus formas radicales el disimulo llega al mimetismo.
El indio se funde con el paisaje, se confunde con la barda blanca en que se apoya por la tarde, con la tierra oscura en que
se tiende a mediodía, con el silencio que lo rodea. Se disimula
tanto su humana singularidad que acaba por abolirla; y se
vuelve piedra, pirú, muro, silencio: espacio. No quiero decir
que comulgue con el todo, a la manera panteísta, ni que en un
árbol aprehenda todos los árboles, sino que efectivamente, esto
es, de una manera concreta y particular, se confunde con un
objeto determinado.

Roger Caillois observa que el mimetismo no implica siempre
una tentativa de protección contra las amenazas virtuales que
pululan en el mundo externo. A veces los insectos se "hacen
los muertos" o imitan las formas de la materia en descomposición, fascinados por la muerte, por la inercia del espacio. Esta
fascinación —fuerza de gravedad, diría yo, de la vida— es
común a todos los seres y el hecho de que se exprese como mimetismo confirma que no debemos considerar a éste exclusivamente como un recurso del instinto vital para escapar del
peligro y la muerte.

Defensa frente al exterior o fascinación ante la muerte, el
mimetismo no consiste tanto en cambiar de naturaleza como
de apariencia. Es revelador que la apariencia escogida sea la de
la muerte o la del espacio inerte, en reposo. Extenderse, confundirse con el espacio, ser espacio, es una manera de rehusarse
a las apariencias, pero también es una manera de ser sólo Apariencia. El mexicano tiene tanto horror a las apariencias, como
amor le profesan sus demagogos y dirigentes. Por eso se disimula su propio existir hasta confundirse con los objetos que lo
rodean. Y así, por miedo a las apariencias, se vuelve sólo Apariencia. Aparenta ser otra cosa e incluso prefiere la apariencia
de la muerte o del no ser antes que abrir su intimidad y cambiar.
La disimulación mimética, en fin, es una de tantas manifestaciones de nuestro hermetismo. Si el gesticulador acude al dis-

fraz, los demás queremos pasar desapercibidos. En ambos casos ocultamos nuestro ser. Y a veces lo negamos. Recuerdo que una tarde, como oyera un leve ruido en el cuarto vecino al mío, pregunté en voz alta: "¿Quién anda por ahí?" Y la voz de una criada recién llegada de su pueblo contestó: "No es nadie, señor, soy yo."

No sólo nos disimulamos a nosotros mismos y nos hacemos transparentes y fantasmales; también disimulamos la existencia de nuestros semejantes. No quiero decir que los ignoremos o los hagamos menos, actos deliberados y soberbios. Los disimulamos de manera más definitiva y radical: los ninguneamos. El ninguneo es una operación que consiste en hacer de Alguien, Ninguno. La nada de pronto se individualiza, se hace cuerpo y ojos, se hace Ninguno.

Don Nadie, padre español de Ninguno, posee don, vientre, honra, cuenta en el banco y habla con voz fuerte y segura. Don Nadie llena al mundo con su vacía y vocinglera presencia. Está en todas partes y en todos los sitios tiene amigos. Es banquero, embajador, hombre de empresa. Se pasea por todos los salones, lo condecoran en Jamaica, en Estocolmo y en Londres. Don Nadie es funcionario o influyente y tiene una agresiva y engreída manera de no ser. Ninguno es silencioso y tímido, resignado. Es sensible e inteligente. Sonríe siempre. Espera siempre. Y cada vez que quiere hablar, tropieza con un muro de silencio; si saluda encuentra una espalda glacial; si suplica, llora o grita, sus gestos y gritos se pierden en el vacío que don Nadie crea con su vozarrón. Ninguno no se atreve a no ser: oscila, intenta una vez y otra vez ser Alguien. Al fin, entre vanos gestos, se pierde en el limbo de donde surgió.

Sería un error pensar que los demás le impiden existir. Simplemente disimulan su existencia, obran como si no existiera. Lo nulifican, lo anulan, lo ninguean. Es inútil que Ninguno hable, publique libros, pinte cuadros, se ponga de cabeza. Ninguno es la ausencia de nuestras miradas, la pausa de nuestra conversación, la reticencia de nuestro silencio. Es el nombre que olvidamos siempre por una extraña fatalidad, el eterno

ausente, el invitado que no invitamos, el hueco que no llenamos.
Es una omisión. Y sin embargo, Ninguno está presente siempre. Es nuestro secreto, nuestro crimen y nuestro remordi-
miento. Por eso el Ninguneador también se ningunea; él es la
omisión de Alguien. Y si todos somos Ninguno, no existe ninguno de nosotros. El círculo se cierra y la sombra de Ninguno
se extiende sobre México, asfixia al Gesticulador y lo cubre
todo. En nuestro territorio, más fuerte que las pirámides y los
sacrificios, que las iglesias, los motines y los cantos populares,
vuelve a imperar el silencio, anterior a la Historia.

TODOS SANTOS, DÍA DE MUERTOS

EL SOLITARIO mexicano ama las fiestas y las reuniones públicas.
Todo es ocasión para reunirse. Cualquier pretexto es bueno para
interrumpir la marcha del tiempo y celebrar con festejos y ceremonias hombres y acontecimientos. Somos un pueblo ritual.
Y esta tendencia beneficia a nuestra imaginación tanto como a
nuestra sensibilidad, siempre afinadas y despiertas. El arte de
la Fiesta, envilecido en casi todas partes, se conserva intacto
entre nosotros. En pocos lugares del mundo se puede vivir un
espectáculo parecido al de las grandes fiestas religiosas de México, con sus colores violentos, agrios y puros, sus danzas, ceremonias, fuegos de artificio, trajes insólitos y la inagotable
cascada de sorpresas de los frutos, dulces y objetos que se venden
esos días en plazas y mercados.

Nuestro calendario está poblado de fiestas. Ciertos días, lo
mismo en los lugarejos más apartados que en las grandes ciudades, el país entero reza, grita, come, se emborracha y mata
en honor de la Virgen de Guadalupe o del General Zaragoza.
Cada año, el 15 de septiembre a las once de la noche, en todas
las plazas de México celebramos la Fiesta del Grito; y una multitud enardecida efectivamente grita por espacio de una hora,
quizá para callar mejor el resto del año. Durante los días que
preceden y suceden al 12 de diciembre, el tiempo suspende su
carrera, hace un alto y en lugar de empujarnos hacia un mañana siempre inalcanzable y mentiroso, nos ofrece un presente
redondo y perfecto, de danza y juerga, de comunión y comi-
lona con lo más antiguo y secreto de México. El tiempo deja
de ser sucesión y vuelve a ser lo que fue, y es, originariamente:
un presente en donde pasado y futuro al fin se reconcilian.

Pero no bastan las fiestas que ofrecen a todo el país la Iglesia
y la República. La vida de cada ciudad y de cada pueblo está

regida por un santo, al que se festeja con devoción y regularidad. Los barrios y los gremios tienen también sus fiestas anuales, sus ceremonias y sus ferias. Y, en fin, cada uno de nosotros —ateos, católicos o indiferentes— poseemos nuestro Santo, al que cada año honramos. Son incalculables las fiestas que celebramos y los recursos y tiempo que gastamos en festejar. Recuerdo que hace años pregunté al Presidente municipal de un poblado vecino a Mitla: "¿A cuánto ascienden los ingresos del Municipio por contribuciones?" "A unos tres mil pesos anuales. Somos muy pobres. Por eso el señor Gobernador y la Federación nos ayudan cada año a completar nuestros gastos". "¿Y en qué utilizan esos tres mil pesos?" "Pues casi todo en fiestas, señor. Chico como lo ve, el pueblo tiene dos Santos Patrones."

Esa respuesta no es asombrosa. Nuestra pobreza puede medirse por el número y suntuosidad de las fiestas populares. Los países ricos tienen pocas: no hay tiempo, ni humor. Y no son necesarias; las gentes tienen otras cosas que hacer y cuando se divierten lo hacen en grupos pequeños. Las masas modernas son aglomeraciones de solitarios. En las grandes ocasiones, en París o en Nueva York, cuando el público se congrega en plazas o estadios, es notable la ausencia de pueblo: se ven parejas y grupos, nunca una comunidad viva en donde la persona humana se disuelve y rescata simultáneamente. Pero un pobre mexicano ¿cómo podría vivir sin esas dos o tres fiestas anuales que lo compensan de su estrechez y de su miseria? Las fiestas son nuestro único lujo; ellas sustituyen, acaso con ventaja, al teatro y a las vacaciones, al "week end" y al "cocktail party" de los sajones, a las recepciones de la burguesía y al café de los mediterráneos.

En esas ceremonias —nacionales, locales, gremiales o familiares— el mexicano se abre al exterior. Todas ellas le dan ocasión de revelarse y dialogar con la divinidad, la patria, los amigos o los parientes. Durante esos días el silencioso mexicano silba, grita, canta, arroja petardos, descarga su pistola en el aire. Descarga su alma. Y su grito, como los cohetes que tanto nos gustan, sube hasta el cielo, estalla en una explosión verde, roja, azul y blanca y cae vertiginoso dejando una cauda de chispas doradas. Esa noche los amigos, que durante meses no pronunciaron más palabras que las prescritas por la indispensable cortesía, se emborrachan juntos, se hacen confidencias, lloran las mismas penas, se descubren hermanos y a veces, para probarse, se matan entre sí. La noche se puebla de canciones y aullidos. Los enamorados despiertan con orquestas a las muchachas. Hay diálogos y burlas de balcón a balcón, de acera a acera. Nadie habla en voz baja. Se arrojan los sombreros al aire. Las malas palabras y los chistes caen como cascadas de pesos fuertes. Brotan las guitarras. En ocasiones, es cierto, la alegría acaba mal: hay riñas, injurias, balazos, cuchilladas. También eso forma parte de la fiesta. Porque el mexicano no se divierte: quiere sobrepasarse, saltar el muro de soledad que el resto del año lo incomunica. Todos están poseídos por la violencia y el frenesí. Las almas estallan como los colores, las voces, los sentimientos. ¿Se olvidan de sí mismos, muestran su verdadero rostro? Nadie lo sabe. Lo importante es salir, abrirse paso, embriagarse de ruido, de gente, de color. México está de fiesta. Y esa Fiesta, cruzada por relámpagos y delirios, es como el revés brillante de nuestro silencio y apatía, de nuestra reserva y hosquedad.

Algunos sociólogos franceses consideran a la Fiesta como un gasto ritual. Gracias al derroche, la colectividad se pone al abrigo de la envidia celeste y humana. Los sacrificios y las ofrendas calman o compran a dioses y santos patrones; las dádivas y festejos, al pueblo. El exceso en el gastar y el desperdicio de energías afirman la opulencia de la colectividad. Ese lujo es una prueba de salud, una exhibición de abundancia y poder. O una trampa mágica. Porque con el derroche se espera atraer, por contagio, a la verdadera abundancia. Dinero llama a dinero. La vida que se riega, da más vida; la orgía, gasto sexual, es también una ceremonia de regeneración genésica; y el desperdicio, fortalece. Las ceremonias de fin de año, en todas las culturas, significan algo más que la conmemoración de una fecha. Ese día es una pausa; efectivamente el tiempo se acaba, se extingue. Los ritos que celebran su extinción están destinados a provocar su renacimiento: la fiesta del fin de año es también la del año nuevo, la del tiempo que empieza. Todo atrae a su contrario. En suma, la función de la Fiesta es más utilitaria de lo que se piensa; el desperdicio atrae o suscita la abundancia y es una inversión como cualquiera otra. Sólo que aquí la ganancia no se mide, ni cuenta. Se trata de adquirir potencia, vida salud. En este sentido la Fiesta es una de las formas económicas más antiguas, con el don y la ofrenda.

Esta interpretación me ha parecido siempre incompleta. Inscrita en la órbita de lo sagrado, la Fiesta es ante todo el advenimiento de lo insólito. La rigen reglas especiales, privativas, que la aíslan y hacen un día de excepción. Y con ellas se introduce una lógica, una moral, y hasta una economía que frecuentemente contradicen las de todos los días. Todo ocurre en un mundo encantado: el tiempo es *otro tiempo* (situado en un pasado mítico o en una actualidad pura); el espacio en que se verifica cambia de aspecto, se desliga del resto de la tierra, se engalana y convierte en un "sitio de fiesta" (en general se escogen lugares especiales o poco frecuentados); los personajes que intervienen abandonan su rango humano o social y se transforman en vivas, aunque efímeras, representaciones. Y todo pasa como si no fuera cierto, como en los sueños. Ocurra lo que ocurra, nuestras acciones poseen mayor ligereza, una gravedad distinta: asumen significaciones diversas y contraemos con ellas responsabilidades singulares. Nos aligeramos de nuestra carga de tiempo y razón.

En ciertas fiestas desaparece la noción misma de Orden. El caos regresa y reina la licencia. Todo se permite: desaparecen las jerarquías habituales, las distinciones sociales, los sexos, las clases, los gremios. Los hombres se disfrazan de mujeres, los señores de esclavos, los pobres de ricos. Se ridiculiza al ejército, al clero, a la magistratura. Gobiernan los niños o los locos. Se cometen profanaciones rituales, sacrilegios obligatorios. El amor se vuelve promiscuo. A veces la Fiesta se convierte en Misa Negra. Se violan reglamentos, hábitos, costumbres. El individuo respetable arroja su máscara de carne y la ropa oscura que lo aísla y, vestido de colorines, se esconde en una careta, que lo libera de sí mismo.

Así pues, la Fiesta no es solamente un exceso, un desperdicio ritual de los bienes penosamente acumulados durante todo el año; también es una revuelta, una súbita inmersión en lo informe, en la vida pura. A través de la Fiesta la sociedad se libera de las normas que se ha impuesto. Se burla de sus dioses, de sus principios y de sus leyes: se niega a sí misma.

La Fiesta es una Revuelta, en el sentido literal de la palabra. En la confusión que engendra, la sociedad se disuelve, se ahoga, en tanto que organismo regido conforme a ciertas reglas y principios. Pero se ahoga en sí misma, en su caos o libertad original. Todo se comunica; se mezcla el bien con el mal, el día con la noche, lo santo con lo maldito. Todo cohabita, pierde forma, singularidad y vuelve al amasijo primordial. La Fiesta es una operación cósmica: la experiencia del Desorden, la reunión de los elementos y principios contrarios para provocar el renacimiento de la vida. La muerte ritual suscita el renacer; el vómito, el apetito; la orgía, estéril en sí misma, la fecundidad de las madres o de la tierra. La Fiesta es un regreso a un estado remoto e indiferenciado, prenatal o presocial, por decirlo así. Regreso que es también un comienzo, según quiere la dialéctica inherente a los hechos sociales.

El grupo sale purificado y fortalecido de ese baño de caos. Se ha sumergido en sí, en la entraña misma de donde salió. Dicho de otro modo, la Fiesta niega a la sociedad en tanto que conjunto orgánico de formas y principios diferenciados, pero la afirma en cuanto fuente de energía y creación. Es una verdadera re-creación, al contrario de lo que ocurre con las vacaciones modernas, que no entrañan rito o ceremonia alguna, individuales y estériles como el mundo que las ha inventado.

La sociedad comulga consigo misma en la Fiesta. Todos sus miembros vuelven a la confusión y libertad originales. La estructura social se deshace y se crean nuevas formas de relación, reglas inesperadas, jerarquías caprichosas. En el desorden ge-

neral, cada quien se abandona y atraviesa por situaciones y lugares que habitualmente le estaban vedados. Las fronteras entre
espectadores y actores, entre oficiantes y asistentes, se borran.
Todos forman parte de la Fiesta, todos se disuelven en su torbellino. Cualquiera que sea su índole, su carácter, su significado, la Fiesta es participación. Este rasgo la distingue finalmente
de otros fenómenos y ceremonias: laica o religiosa, orgía o
saturnal, la Fiesta es un hecho social basado en la activa participación de los asistentes.

Gracias a las Fiestas el mexicano se abre, participa, comulga
con sus semejantes y con los valores que dan sentido a su
existencia religiosa o política. Y es significativo que un país tan
triste como el nuestro tenga tantas y tan alegres fiestas. Su frecuencia, el brillo que alcanzan, el entusiasmo con que todos
participamos, parecen revelar que, sin ellas, estallaríamos. Ellas
nos liberan, así sea momentáneamente, de todos esos impulsos
sin salida y de todas esas materias inflamables que guardamos en
nuestro interior. Pero a diferencia de lo que ocurre en otras
sociedades, la Fiesta mexicana no es nada más un regreso a un
estado original de indiferenciación y libertad; el mexicano no
intenta regresar, sino salir de sí mismo, sobrepasarse. Entre nosotros la Fiesta es una explosión, un estallido. Muerte y vida,
júbilo y lamento, canto y aullido se alían en nuestros festejos,
no para recrearse o reconocerse, sino para entredevorarse. No
hay nada más alegre que una fiesta mexicana, pero también
no hay nada más triste. La noche de fiesta es también noche
de duelo.

Si en la vida diaria nos ocultamos a nosotros mismos, en el
remolino de la Fiesta nos disparamos. Más que abrirnos, nos
desgarramos. Todo termina en alarido y desgarradura: el canto, el amor, la amistad. La violencia de nuestros festejos muestra hasta qué punto nuestro hermetismo nos cierra las vías de
comunicación con el mundo. Conocemos el delirio, la canción,
el aullido y el monólogo, pero no el diálogo. Nuestras Fiestas,
como nuestras confidencias, nuestros amores y nuestras tentativas por reordenar nuestra sociedad, son rupturas violentas con

lo antiguo o con lo establecido. Cada vez que intentamos expresarnos, necesitamos romper con nosotros mismos. Y la Fiesta sólo es un ejemplo, acaso el más típico, de ruptura violenta. No sería difícil enumerar otros, igualmente reveladores: el juego, que es siempre un ir a los extremos, mortal con frecuencia; nuestra prodigalidad en el gastar, reverso de la timidez de nuestras inversiones y empresas económicas; nuestras confesiones. El mexicano, ser hosco, encerrado en sí mismo, de pronto estalla, se abre el pecho y se exhibe, con cierta complacencia y deteniéndose en los repliegues vergonzosos o terribles de su intimidad. No somos francos, pero nuestra sinceridad puede llegar a extremos que horrorizarían a un europeo. La manera explosiva y dramática, a veces suicida, con que nos desnudamos y entregamos, inermes casi, revela que algo nos asfixia y cohibe. Algo nos impide ser. Y porque no nos atrevemos o no podemos enfrentarnos con nuestro ser, recurrimos a la Fiesta. Ella nos lanza al vacío, embriaguez que se quema a sí misma, disparo en el aire, fuego de artificio.

LA MUERTE es un espejo que refleja las vanas gesticulaciones de la vida. Toda esa abigarrada confusión de actos, omisiones, arrepentimientos y tentativas —obras y sobras— que es cada vida, encuentra en la muerte, ya que no sentido o explicación, fin. Frente a ella nuestra vida se dibuja e inmoviliza. Antes de desmoronarse y hundirse en la nada, se esculpe y vuelve forma inmutable: ya no cambiaremos sino para desaparecer. Nuestra muerte ilumina nuestra vida. Si nuestra muerte carece de sentido, tampoco lo tuvo nuestra vida. Por eso cuando alguien muere de muerte violenta, solemos decir: "se la buscó". Y es cierto, cada quien tiene la muerte que se busca, la muerte que se hace. Muerte de cristiano o muerte de perro son maneras de morir que reflejan maneras de vivir. Si la muerte nos traiciona y morimos de mala manera, todos se lamentan: hay que morir como se vive. La muerte es intransferible, como la vida. Si no morimos como vivimos es porque realmente no fue nuestra la vida que vivimos: no nos pertenecía como no nos pertenece la mala suerte que nos mata. Dime cómo mueres y te diré quién eres.

Para los antiguos mexicanos la oposición entre muerte y vida no era tan absoluta como para nosotros. La vida se prolongaba en la muerte. Y a la inversa. La muerte no era el fin natural de la vida, sino fase de un ciclo infinito. Vida, muerte y resurrección eran estadios de un proceso cósmico, que se repetía insaciable. La vida no tenía función más alta que desembocar en la muerte, su contrario y complemento; y la muerte, a su vez, no era un fin en sí; el hombre alimentaba con su muerte la voracidad de la vida, siempre insatisfecha. El sacrificio poseía un doble objeto: por una parte, el hombre accedía al proceso creador (pagando a los dioses, simultáneamente, la deuda contraída por la especie); por la otra, alimentaba la vida cósmica y la social, que se nutría de la primera.

Posiblemente el rasgo más característico de esta concepción es el sentido impersonal del sacrificio. Del mismo modo que su vida no les pertenecía, su muerte carecía de todo propósito personal. Los muertos —incluso los guerreros caídos en el combate y las mujeres muertas en el parto, compañeros de Huitzilopochtli, el dios solar— desaparecían al cabo de algún tiempo, ya para volver al país indiferenciado de las sombras, ya para fundirse al aire, a la tierra, al fuego, a la sustancia animadora del universo. Nuestros antepasados indígenas no creían que su muerte les pertenecía, como jamás pensaron que su vida fuese realmente "su vida", en el sentido cristiano de la palabra. Todo se conjugaba para determinar, desde el nacimiento, la vida y la muerte de cada hombre: la clase social, el año, el lugar, el día, la hora. El azteca era tan poco responsable de sus actos como de su muerte.

Espacio y tiempo estaban ligados y formaban una unidad inseparable. A cada espacio, a cada uno de los puntos cardinales, y al centro en que se inmovilizaban, correspondía un "tiempo" particular. Y este complejo de espacio-tiempo poseía virtudes y poderes propios, que influían y determinaban profundamente la vida humana. Nacer un día cualquiera, era pertenecer a un espacio, a un tiempo, a un color y a un destino. Todo estaba previamente trazado. En tanto que nosotros disociamos espacio y tiempo, meros escenarios que atraviesan nuestras vidas, para ellos había tantos "espacios-tiempos" como combinaciones poseía el calendario sacerdotal. Y cada uno estaba dotado de una significación cualitativa particular, superior a la voluntad humana.

Religión y destino regían su vida, como moral y libertad presiden la nuestra. Mientras nosotros vivimos bajo el signo de la libertad y todo —aun la fatalidad griega y la gracia de los teólogos— es elección y lucha, para los aztecas el problema se reducía a investigar la no siempre clara voluntad de los dioses. De ahí la importancia de las prácticas adivinatorias. Los únicos libres eran los dioses. Ellos podían escoger —y, por lo tanto, en un sentido profundo, pecar—. La religión azteca está llena de grandes dioses pecadores —Quetzalcóatl, como ejemplo máximo—, dioses que desfallecen y pueden abandonar a sus creyentes, del mismo modo que los cristianos reniegan a veces de su Dios. La conquista de México sería inexplicable sin la traición de los dioses, que reniegan de su pueblo.

El advenimiento del catolicismo modifica radicalmente esta situación. El sacrificio y la idea de salvación, que antes eran colectivos, se vuelven personales. La libertad se humaniza, encarna en los hombres. Para los antiguos aztecas lo esencial era asegurar la continuidad de la creación; el sacrificio no entrañaba la salvación ultraterrena, sino la salud cósmica; el mundo, y no el individuo, vivía gracias a la sangre y la muerte de los hombres. Para los cristianos, el individuo es lo que cuenta. El mundo —la historia, la sociedad— está condenado de antemano. La muerte de Cristo salva a cada hombre en particular. Cada uno de nosotros es el Hombre y en cada uno están depositadas las esperanzas y posibilidades de la especie. La redención es obra personal.

Ambas actitudes, por más opuestas que nos parezcan, poseen una nota común: la vida, colectiva o individual, está abierta a la perspectiva de una muerte que es, a su modo, una nueva vida. La vida sólo se justifica y trasciende cuando se realiza en la muerte. Y ésta también es trascendencia, más allá, puesto que consiste en una nueva vida. Para los cristianos la muerte es un tránsito, un salto mortal entre dos vidas, la temporal y la ultraterrena; para los aztecas, la manera más honda de participar en la continua regeneración de las fuerzas creadoras, siempre en peligro de extinguirse si no se les provee de sangre, alimento sagrado. En ambos sistemas vida y muerte carecen de autonomía; son las dos caras de una misma realidad. Toda su significación proviene de otros valores, que las rigen. Son referencias a realidades invisibles.

La muerte moderna no posee ninguna significación que la trascienda o refiera a otros valores. En casi todos los casos es, simplemente, el fin inevitable de un proceso natural. En un mundo de hechos, la muerte es un hecho más. Pero como es un hecho desagradable, un hecho que pone en tela de juicio todas nuestras concepciones y el sentido mismo de nuestra vida, la filosofía del progreso (¿el progreso hacia dónde y desde dónde?, se pregunta Scheler) pretende escamotearnos su presencia. En el mundo moderno todo funciona como si la muerte no existiera. Nadie cuenta con ella. Todo la suprime: las prédicas de los políticos, los anuncios de los comerciantes, la moral pública, las costumbres, la alegría a bajo precio y la salud al alcance de todos que nos ofrecen hospitales, farmacias y campos deportivos. Pero la muerte, ya no como tránsito, sino como gran boca vacía que nada sacia, habita todo lo que emprendemos. El siglo de la salud, la higiene, los anticonceptivos, las drogas milagrosas y los alimentos sintéticos, es también el siglo de los campos de concentración, del Estado policíaco, de la exterminación atómica y del "murder story". Nadie piensa en la muerte, en su muerte propia, como quería Rilke, porque nadie vive una vida personal. La matanza colectiva no es sino el fruto de la colectivización de la vida.

También para el mexicano moderno la muerte carece de significación. Ha dejado de ser tránsito, acceso a otra vida más vida que la nuestra. Pero la intrascendencia de la muerte no nos lleva a eliminarla de nuestra vida diaria. Para el habitante de Nueva York, París o Londres, la muerte es la palabra que jamás se pronuncia porque quema los labios. El mexicano, en cambio, la frecuenta, la burla, la acaricia, duerme con ella, la festeja, es uno de sus juguetes favoritos y su amor más permanente. Cierto, en su actitud hay quizá tanto miedo como en la de los otros; mas al menos no se esconde ni la esconde; la contempla cara a cara con impaciencia, desdén o ironía: "si me han de matar mañana, que me maten de una vez".

La indiferencia del mexicano ante la muerte se nutre de su indiferencia ante la vida. El mexicano no solamente postula la intrascendencia del morir, sino la del vivir. Nuestras canciones, refranes, fiestas y reflexiones populares manifiestan de una manera inequívoca que la muerte no nos asusta porque "la vida nos ha curado de espantos". Morir es natural y hasta deseable; cuanto más pronto, mejor. Nuestra indiferencia ante la muerte es la otra cara de nuestra indiferencia ante la vida. Matamos porque la vida, la nuestra y la ajena, carece de valor. Y es natural que así ocurra: vida y muerte son inseparables y cada vez que la primera pierde significación, la segunda se vuelve intrascendente. La muerte mexicana es el espejo de la vida de los mexicanos. Ante ambas el mexicano se cierra, las ignora.

El desprecio a la muerte no está reñido con el culto que le profesamos. Ella está presente en nuestras fiestas, en nuestros juegos, en nuestros amores y en nuestros pensamientos. Morir y matar son ideas que pocas veces nos abandonan. La muerte nos seduce. La fascinación que ejerce sobre nosotros quizá brote de nuestro hermetismo y de la furia con que lo rompemos. La presión de nuestra vitalidad, constreñida a expresarse en formas que la traicionan, explica el carácter mortal, agresivo o suicida, de nuestras explosiones. Cuando estallamos, además, tocamos el punto más alto de la tensión, rozamos el vértice vibrante de la vida. Y allí, en la altura del frenesí, sentimos el vértigo: la muerte nos atrae.

Por otra parte, la muerte nos venga de la vida, la desnuda

de todas sus vanidades y pretensiones y la convierte en lo que es: unos huesos mondos y una mueca espantable. En un mundo cerrado y sin salida, en donde todo es muerte, lo único valioso es la muerte. Pero afirmamos algo negativo. Calaveras de azúcar o de papel de China, esqueletos coloridos de fuegos de artificio, nuestras representaciones populares son siempre burla de la vida, afirmación de la nadería e insignificancia de la humana existencia. Adornamos nuestras casas con cráneos, comemos el día de los Difuntos panes que fingen huesos y nos divierten canciones y chascarrillos en los que ríe la muerte pelona, pero toda esa fanfarrona familiaridad no nos dispensa de la pregunta que todos nos hacemos: ¿qué es la muerte? No hemos inventado una nueva respuesta. Y cada vez que nos la preguntamos, nos encogemos de hombros: ¿qué me importa la muerte, si no me importa la vida?

El mexicano, obstinadamente cerrado ante el mundo y sus semejantes, ¿se abre ante la muerte? La adula, la festeja, la cultiva, se abraza a ella, definitivamente y para siempre, pero no se entrega. Todo está lejos del mexicano, todo le es extraño y, en primer término, la muerte, la extraña por excelencia. El mexicano no se entrega a la muerte, porque la entrega entraña sacrificio. Y el sacrificio, a su vez, exige que alguien dé y alguien reciba. Esto es, que alguien se abra y se encare a una realidad que lo trasciende. En un mundo intrascendente, cerrado sobre sí mismo, la muerte mexicana no da ni recibe; se consume en sí misma y a sí misma se satisface. Así pues, nuestras relaciones con la muerte son íntimas —más íntimas, acaso, que las de cualquier otro pueblo— pero desnudas de significación y desprovistas de erotismo. La muerte mexicana es estéril, no engendra como la de aztecas y cristianos.

Nada más opuesto a esta actitud que la de europeos y norteamericanos. Leyes, costumbres, moral pública y privada, tienden a preservar la vida humana. Esta protección no impide que aparezcan cada vez con más frecuencia ingeniosos y refinados asesinos, eficaces productores del crimen perfecto y en serie. La reiterada irrupción de criminales profesionales, que maduran y calculan sus asesinatos con una precisión inaccesible a cualquier mexicano; el placer con que relatan sus experiencias, sus goces y sus procedimientos; la fascinación con que el público y los periódicos recogen sus confesiones; y, finalmente, la reconocida ineficacia de los sistemas de represión con que se pretende evitar nuevos crímenes, muestran que el respeto a la vida humana que tanto enorgullece a la civilización occidental es una noción incompleta o hipócrita.

El culto a la vida, si de verdad es profundo y total, es también culto a la muerte. Ambas son inseparables. Una civilización que niega a la muerte, acaba por negar a la vida. La perfección de los criminales modernos no es nada más una consecuencia del progreso de la técnica moderna, sino del desprecio a la vida inexorablemente implícito en todo voluntario escamoteo de la muerte. Y podría agregarse que la perfección de la técnica moderna y la popularidad de la "murder story" no son sino frutos (como los campos de concentración y el empleo de sistemas de exterminación colectiva) de una concepción optimista y unilateral de la existencia. Y así, es inútil excluir a la muerte de nuestras representaciones, de nuestras palabras, de nuestras ideas, porque ella acabará por suprimirnos a todos y en primer término a los que viven ignorándola o fingiendo que la ignoran.

Cuando el mexicano mata —por vergüenza, placer o capricho— mata a una persona, a un semejante. Los criminales y estadistas modernos no matan: suprimen. Experimentan con seres que han perdido ya su calidad humana. En los campos de concentración primero se degrada al hombre; una vez convertido en un objeto, se le extermina en masa. El criminal típico de la gran ciudad —más allá de los móviles concretos que lo impulsan— realiza en pequeña escala lo que el caudillo moderno hace en grande. También a su modo experimenta: envenena, disgrega cadáveres con ácidos, incinera despojos, convierte en objeto a su víctima. La antigua relación entre víctima y victimario, que es lo único que humaniza al crimen, lo único que lo hace imaginable, ha desaparecido. Como en las novelas de Sade, no hay ya sino verdugos y objetos, instrumentos de placer y destrucción. Y la inexistencia de la víctima hace más intolerable y total la infinita soledad del victimario. Para nosotros el crimen es todavía una relación —y en ese sentido posee el mismo significado liberador que la Fiesta o la confesión—. De ahí su dramatismo, su poesía y —¿por qué no decirlo?— su grandeza. Gracias al crimen, accedemos a una efímera trascendencia.

EN LOS PRIMEROS versos de la Octava Elegía de Duino, Rilke dice que la criatura —el ser en su inocencia animal— contempla lo Abierto, al contrario de nosotros, que jamás vemos hacia adelante, hacia lo absoluto. El miedo nos hace volver el rostro, darle la espalda a la muerte. Y al negarnos a contemplarla, nos cerramos fatalmente a la vida, que es una totalidad que la lleva en sí. Lo Abierto es el mundo en donde los contrarios se reconcilian y la luz y la sombra se funden. Esta concepción tiende a devolver a la muerte su sentido original, que nuestra época le ha arrebatado: muerte y vida son contrarios que se complementan. Ambas son mitades de una esfera que nosotros, sujetos a tiempo y espacio, no podemos sino entrever. En el mundo prenatal, muerte y vida se confunden; en el nuestro, se oponen; en el más allá, vuelven a reunirse, pero ya no en la ceguera animal, anterior al pecado y a la conciencia, sino como inocencia reconquistada. El hombre puede trascender la oposición temporal que las escinde —y que no reside en ellas, sino en su conciencia— y percibirlas como una unidad superior. Este conocimiento no se opera sino a través de un desprendimiento: la criatura debe renunciar a su vida temporal y a la nostalgia del limbo, del mundo animal. Debe abrirse a la muerte si quiere abrirse a la vida; entonces "será como los ángeles".

Así, frente a la muerte hay dos actitudes: una, hacia adelante, que la concibe como creación; otra, de regreso, que se expresa como fascinación ante la nada o como nostalgia del limbo. Ningún poeta mexicano o hispanoamericano, con la excepción, acaso, de César Vallejo, se aproxima a la primera de estas dos concepciones. En cambio, dos poetas mexicanos, José Gorostiza y Xavier Villaurrutia, encarnan la segunda de estas dos direcciones. Si para Gorostiza la vida es "una muerte sin fin", un continuo despeñarse en la nada, para Villaurrutia la vida no es más que "nostalgia de la muerte".

La afortunada imagen que da título al libro de Villaurrutia, *Nostalgia de la muerte,* es algo más que un acierto verbal. Con él, su autor quiere señalarnos la significación última de su poesía. La muerte como nostalgia y no como fruto o fin de la vida, equivale a afirmar que no venimos de la vida, sino de la muerte. Lo antiguo y original, la entraña materna, es la huesa y no la matriz. Esta aseveración corre el riesgo de parecer una vana paradoja o la reiteración de un viejo lugar común: todos somos polvo y vamos al polvo. Creo, pues, que el poeta desea encontrar en la muerte (que es, en efecto, nuestro origen) una revelación que la vida temporal no le ha dado: la de la verdadera vida. Al morir

> la aguja del instantero
> recorrerá su cuadrante
> todo cabrá en un instante
>
> . . .
>
> y será posible acaso
> vivir, después de haber muerto.

Regresar a la muerte original será volver a la vida de antes de la vida, a la vida de antes de la muerte: al limbo, a la entraña materna.

Muerte sin fin, el poema de José Gorostiza, es quizá el más alto testimonio que poseemos los hispanoamericanos de una conciencia verdaderamente moderna, inclinada sobre sí misma, presa de sí, de su propia claridad cegadora. El poeta, al mismo tiempo lúcido y exasperado, desea arrancar su máscara a la existencia, para contemplarla en su desnudez. El diálogo entre el mundo y el hombre, viejo como la poesía y el amor, se transforma en el del agua y el vaso que la ciñe, el del pensamiento y la forma en que se vierte y a la que acaba por corroer.

Preso en las apariencias —árboles y pensamientos, piedras y emociones, días y noches, crepúsculos, no son sino metáforas, cintas de colores— el poeta advierte que el soplo que hincha la sustancia, la modela y la erige Forma, es el mismo que la carcome y arruga y destrona. En este drama sin personajes, pues todos son nada más reflejos, disfraces de un suicida que dialoga consigo mismo en un lenguaje de espejos y ecos, tampoco la inteligencia es otra cosa que reflejo, forma, y la más pura, de la muerte, de una muerte enamorada de sí misma. Todo se despeña en su propia claridad, todo se anega en su fulgor, todo se dirige hacia esa muerte transparente: la vida no es sino una metáfora, una invención con que la muerte —¡también ella!— quiere engañarse. El poema es el tenso desarrollo del viejo tema de Narciso —al que, por otra parte, no se alude una sola vez en el texto—. Y no solamente la conciencia se contempla a sí misma en sus aguas transparentes y vacías, espejo y ojo al mismo tiempo, como en el poema de Valéry: la nada, que se miente forma y vida, respiración y pecho, que se finge corrupción y muerte, termina por desnudarse y, ya vacía, se inclina sobre sí misma: se enamora de sí, cae en sí, incansable muerte sin fin.

En suma, si en la Fiesta, la borrachera o la confidencia nos abrimos, lo hacemos con tal violencia que nos desgarramos y acabamos por anularnos. Y ante la muerte, como ante la vida, nos alzamos de hombros y le oponemos un silencio o una sonrisa desdeñosa. La Fiesta y el crimen pasional o gratuito, revelan que el equilibrio de que hacemos gala sólo es una máscara, siempre en peligro de ser desgarrada por una súbita explosión de nuestra intimidad.

Todas estas actitudes indican que el mexicano siente, en sí mismo y en la carne del país, la presencia de una mancha, no por difusa menos viva, original e imborrable. Todos nuestros gestos tienden a ocultar esa llaga, siempre fresca, siempre lista a encenderse y arder bajo el sol de la mirada ajena.

Ahora bien, todo desprendimiento provoca una herida. A

reserva de indagar cómo y en qué momento se produjo ese desprendimiento, debo apuntar que cualquier ruptura (con nosotros mismos o con lo que nos rodea, con el pasado o con el presente), engendra un sentimiento de soledad. En los casos extremos —separación de los padres, de la Matriz o de la tierra natal, muerte de los dioses o conciencia aguda de sí— la soledad se identifica con la orfandad. Y ambos se manifiestan generalmente como conciencia del pecado. Las penalidades y vergüenza que inflige el estado de separación pueden ser consideradas, gracias a la introducción de las nociones de expiación y redención, como sacrificios necesarios, prendas o promesas de una futura comunión que pondrá fin al exilio. La culpa puede desaparecer, la herida cicatrizar, el exilio resolverse en comunión. La soledad adquiere así un carácter purgativo, purificador. El solitario o aislado trasciende su soledad, la vive como una prueba y como una promesa de comunión.

El mexicano, según se ha visto en las descripciones anteriores, no trasciende su soledad. Al contrario, se encierra en ella. Habitamos nuestra soledad como Filoctetes su isla, no esperando, sino temiendo volver al mundo. No soportamos la presencia de nuestros compañeros. Encerrados en nosotros mismos, cuando no desgarrados y enajenados, apuramos una soledad sin referencias a un más allá redentor o a un más acá creador. Oscilamos entre la entrega y la reserva, entre el grito y el silencio, entre la fiesta y el velorio, sin entregarnos jamás. Nuestra impasibilidad recubre la vida con la máscara de la muerte; nuestro grito desgarra esa máscara y sube al cielo hasta distenderse, romperse y caer como derrota y silencio. Por ambos caminos el mexicano se cierra al mundo: a la vida y a la muerte.

IV

LOS HIJOS DE LA MALINCHE

LA EXTRAÑEZA que provoca nuestro hermetismo ha creado la leyenda del mexicano, ser insondable. Nuestro recelo provoca el ajeno. Si nuestra cortesía atrae, nuestra reserva hiela. Y las inesperadas violencias que nos desgarran, el esplendor convulso o solemne de nuestras fiestas, el culto a la muerte, acaban por desconcertar al extranjero. La sensación que causamos no es diversa a la que producen los orientales. También ellos, chinos, indostanos o árabes, son herméticos e indescifrables. También ellos arrastran en andrajos un pasado todavía vivo. Hay un misterio mexicano como hay un misterio amarillo y uno negro. El contenido concreto de esas representaciones depende de cada espectador. Pero todos coinciden en hacerse de nosotros una imagen ambigua, cuando no contradictoria: no somos gente segura y nuestras respuestas como nuestros silencios son imprevisibles, inesperados. Traición y lealtad, crimen y amor, se agazapan en el fondo de nuestra mirada. Atraemos y repelemos.

No es difícil comprender los orígenes de esta actitud. Para un europeo, México es un país al margen de la Historia universal. Y todo lo que se encuentra alejado del centro de la sociedad aparece como extraño e impenetrable. Los campesinos, remotos, ligeramente arcaicos en el vestir y el hablar, parcos, amantes de expresarse en formas y fórmulas tradicionales, ejercen siempre una fascinación sobre el hombre urbano. En todas partes representan el elemento más antiguo y secreto de la sociedad. Para todos, excepto para ellos mismos, encarnan lo oculto, lo escondido y que no se entrega sino difícilmente, tesoro enterrado, espiga que madura en las entrañas terrestres, vieja sabiduría escondida entre los pliegues de la tierra.

La mujer, otro de los seres que viven aparte, también es

figura enigmática. Mejor dicho, es el Enigma. A semejanza
del hombre de raza o nacionalidad extraña, incita y repele. Es
la imagen de la fecundidad, pero asimismo de la muerte. En
casi todas las culturas las diosas de la creación son también
deidades de destrucción. Cifra viviente de la extrañeza del universo y de su radical heterogeneidad, la mujer ¿esconde la muerte o la vida?, ¿en qué piensa?, ¿piensa acaso?, ¿siente de
veras?, ¿es igual a nosotros? El sadismo se inicia como venganza ante el hermetismo femenino o como tentativa desesperada para obtener una respuesta de un cuerpo que tememos
insensible. Porque, como dice Luis Cernuda, "el deseo es una
pregunta cuya respuesta no existe". A pesar de su desnudez
—redonda, plena— en las formas de la mujer siempre hay algo
que desvelar:

> Eva y Cipris concentran el misterio
> del corazón del mundo.

Para Rubén Darío, como para todos los grandes poetas, la
mujer no es solamente un instrumento de conocimiento, sino
el conocimiento mismo. El conocimiento que no poseeremos
nunca, la suma de nuestra definitiva ignorancia: el misterio
supremo.

Es notable que nuestras representaciones de la clase obrera
no estén teñidas de sentimientos parecidos, a pesar de que también vive alejada del centro de la sociedad —inclusive física-
mente, recluida en barrios y ciudades especiales—. Cuando un
novelista contemporáneo introduce un personaje que simboliza
la salud o la destrucción, la fertilidad o la muerte, no escoge,
como podría esperarse, a un obrero —que encierra en su figura
la muerte de la vieja sociedad y el nacimiento de otra—. D.
H. Lawrence, que es uno de los críticos más violentos y profundos del mundo moderno, describe en casi todas sus obras
las virtudes que harían del hombre fragmentario de nuestros
días un hombre de verdad, dueño de una visión total del mundo. Para encarnar esas virtudes crea personajes de razas anti-

guas y no-europeas. O inventa la figura de Mellors, un guar-
dabosque, un hijo de la tierra. Es posible que la infancia de
Lawrence, transcurrida entre las minas de carbón inglesas, ex-
plique esta deliberada ausencia. Es sabido que detestaba a los
obreros tanto como a los burgueses. Pero ¿cómo explicar que
en todas las grandes novelas revolucionarias tampoco aparezcan los proletarios como héroes, sino como fondo? En todas
ellas el héroe es siempre el aventurero, el intelectual o el revolucionario profesional. El hombre aparte, que ha renunciado
a su clase, a su origen o a su patria. Herencia del romanticismo, sin duda, que hace del héroe un ser antisocial. Además, el
obrero es demasiado reciente. Y se parece a sus señores: todos
son hijos de la máquina.

El obrero moderno carece de individualidad. La clase es
más fuerte que el individuo y la persona se disuelve en lo genérico. Porque ésa es la primera y más grave mutilación que
sufre el hombre al convertirse en asalariado industrial. El capitalismo lo despoja de su naturaleza humana —lo que no
ocurrió con el siervo— puesto que reduce todo su ser a fuerza
de trabajo, transformándolo por este solo hecho en objeto. Y
como a todos los objetos, en mercancía, en cosa susceptible de
compra y venta. El obrero pierde, bruscamente y por razón
misma de su estado social, toda relación humana y concreta
con el mundo: ni son suyos los útiles que emplea, ni es suyo
el fruto de su esfuerzo. Ni siquiera lo ve. En realidad no es
un obrero, puesto que no hace obras o no tiene conciencia de
las que hace, perdido en un aspecto de la producción. Es un
trabajador, nombre abstracto, que no designa una tarea determinada, sino una función. Así, no lo distingue de los otros
hombres su obra, como acontece con el médico, el ingeniero
o el carpintero. La abstracción que lo califica —el trabajo me-
dido en tiempo— no lo separa, sino lo liga a otras abstraccio-
nes. De ahí su ausencia de misterio, de problematicidad, su
transparencia, que no es diversa a la de cualquier instrumento.

La complejidad de la sociedad contemporánea y la especia-
lización que requiere el trabajo extienden la condición abstrac-

ta del obrero a otros grupos sociales. Vivimos en un mundo de técnicos, se dice. A pesar de las diferencias de salarios y de nivel de vida, la situación de estos técnicos no difiere esencialmente de la de los obreros: también son asalariados y tampoco tienen conciencia de la obra que realizan. El gobierno de los técnicos, ideal de la sociedad contemporánea, sería así el gobierno de los instrumentos. La función sustituiría al fin; el medio, al creador. La sociedad marcharía con eficacia, pero sin rumbo. Y la repetición del mismo gesto, distintiva de la máquina, llevaría a una forma desconocida de la inmovilidad: la del mecanismo que avanza de ninguna parte hacia ningún lado.

Los regímenes totalitarios no han hecho sino extender y generalizar, por medio de la fuerza o de la propaganda, esta condición. Todos los hombres sometidos a su imperio la padecen. En cierto sentido se trata de una transposición a la esfera social y política de los sistemas económicos del capitalismo. La producción en masa se logra a través de la confección de piezas sueltas que luego se unen en talleres especiales. La propaganda y la acción política totalitaria —así como el terror y la represión— obedecen al mismo sistema. La propaganda difunde verdades incompletas, en serie y por piezas sueltas. Más tarde esos fragmentos se organizan y se convierten en teorías políticas, verdades absolutas para las masas. El terror obedece al mismo principio. La persecución comienza contra grupos aislados —razas, clases, disidentes, sospechosos—, hasta que gradualmente alcanza a todos. Al iniciarse, una parte del pueblo contempla con indiferencia el exterminio de otros grupos sociales o contribuye a su persecución, pues se exasperan los odios internos. Todos se vuelven cómplices y el sentimiento de culpa se extiende a toda la sociedad. El terror se generaliza: ya no hay sino persecutores y perseguidos. El persecutor, por otra parte, se transforma muy fácilmente en perseguido. Basta una vuelta de la máquina política. Y nadie escapa a esta dialéctica feroz, ni los dirigentes.

El mundo del terror, como el de la producción en serie, es

un mundo de cosas, de útiles. (De ahí la vanidad de la disputa sobre la validez histórica del terror moderno.) Y los útiles nunca son misteriosos o enigmáticos, pues el misterio proviene de la indeterminación del ser o del objeto que lo contiene. Un anillo misterioso se desprende inmediatamente del género anillo; adquiere vida propia, deja de ser un objeto. En su forma yace, escondida, presta a saltar, la sorpresa. El misterio es una fuerza o una virtud oculta, que no nos obedece y que no sabemos a qué hora y cómo va a manifestarse. Pero los útiles no esconden nada, no nos preguntan nada y nada nos responden. Son inequívocos y transparentes. Meras prolongaciones de nuestras manos, no poseen más vida que la que nuestra voluntad les otorga. Nos sirven; luego, gastados, viejos, los arrojamos sin pesar al cesto de la basura, al cementerio de automóviles, al campo de concentración. O los cambiamos a nuestros aliados o enemigos por otros objetos.

Todas nuestras facultades, y también todos nuestros defectos, se oponen a esta concepción del trabajo como esfuerzo impersonal, repetido en iguales y vacías porciones de tiempo: la lentitud y cuidado en la tarea, el amor por la obra y por cada uno de los detalles que la componen, el buen gusto, innato ya, a fuerza de ser herencia milenaria. Si no fabricamos productos en serie, sobresalimos en el arte difícil, exquisito e inútil de vestir pulgas. Lo que no quiere decir que el mexicano sea incapaz de convertirse en lo que se llama un buen obrero. Todo es cuestión de tiempo. Y nada, excepto un cambio histórico cada vez más remoto e impensable, impedirá que el mexicano deje de ser un problema, un ser enigmático, y se convierta en una abstracción más.

Mientras llega ese momento, que resolverá —aniquilándolas— todas nuestras contradicciones, debo señalar que lo extraordinario de nuestra situación reside en que no solamente somos enigmáticos ante los extraños, sino ante nosotros mismos. Un mexicano es un problema siempre, para otro mexicano y para sí mismo. Ahora bien, nada más simple que reducir todo el complejo grupo de actitudes que nos caracteriza —y en especial la que consiste en ser un problema para nosotros mismos— a lo que se podría llamar "moral de siervo", por oposición no solamente a la "moral de señor", sino a la moral moderna, proletaria o burguesa.

La desconfianza, el disimulo, la reserva cortés que cierra el paso al extraño, la ironía, todas, en fin, las oscilaciones psíquicas con que al eludir la mirada ajena nos eludimos a nosotros mismos, son rasgos de gente dominada, que teme y que finge frente al señor. Es revelador que nuestra intimidad jamás aflore de manera natural, sin el acicate de la fiesta, el alcohol o la muerte. Esclavos, siervos y razas sometidas se presentan siempre recubiertos por una máscara, sonriente o adusta. Y únicamente a solas, en los grandes momentos, se atreven a manifestarse tal como son. Todas sus relaciones están envenenadas por el miedo y el recelo. Miedo al señor, recelo ante sus iguales. Cada uno observa al otro, porque cada compañero puede ser también un traidor. Para salir de sí mismo el siervo necesita saltar barreras, embriagarse, olvidar su condición. Vivir a solas, sin testigos. Solamente en la soledad se atreve a ser.

La indudable analogía que se observa entre ciertas de nuestras actitudes y las de los grupos sometidos al poder de un amo, una casta o un Estado extraño, podría resolverse en esta afirmación: el carácter de los mexicanos es un producto de las circunstancias sociales imperantes en nuestro país; la historia de México, que es la historia de esas circunstancias, contiene la respuesta a todas las preguntas. La situación del pueblo durante el período colonial sería así la raíz de nuestra actitud cerrada e inestable. Nuestra historia como nación independiente contribuiría también a perpetuar y hacer más neta esta psicología servil, puesto que no hemos logrado suprimir la miseria popular ni las exasperantes diferencias sociales, a pesar de siglo y medio de luchas y experiencias constitucionales. El empleo de la violencia como recurso dialéctico, los abusos de autoridad de los poderosos —vicio que no ha desaparecido todavía— y finalmente el escepticismo y la resignación del pueblo, hoy más visibles que nunca debido a las sucesivas desilusiones posrevolucionarias, completarían esta explicación histórica.

El defecto de interpretaciones como la que acabo de bosquejar reside, precisamente, en su simplicidad. Nuestra actitud ante la vida no está condicionada por los hechos históricos, al menos de la manera rigurosa con que en el mundo de la mecánica la velocidad o la trayectoria de un proyectil se encuentra determinada por un conjunto de factores conocidos. Nuestra actitud vital —que es un factor que nunca acabaremos de conocer totalmente, pues cambio e indeterminación son las únicas constantes de su ser— también es historia. Quiero decir, los hechos históricos no son nada más hechos, sino que están teñidos de humanidad, esto es, de problematicidad. Tampoco son el mero resultado de otros hechos, que los causan, sino de una voluntad singular, capaz de regir dentro de ciertos límites su fatalidad. La historia no es un mecanismo y las influencias entre los diversos componentes de un hecho histórico son recíprocas, como tantas veces se ha dicho. Lo que distingue a un hecho histórico de los otros hechos es su carácter histórico. O sea, que es por sí mismo y en sí mismo una unidad irreductible a otras. Irreductible e inseparable. Un hecho histórico no es la suma de los llamados factores de la historia, sino una realidad indisoluble. Las circunstancias históricas explican nuestro carácter en la medida que nuestro carácter también las explica a ellas. Ambas son lo mismo. Por eso toda explicación puramente histórica es insuficiente —lo que no equivale a decir que sea falsa.

Basta una observación para reducir a sus verdaderas proporciones la analogía entre la moral de los siervos y la nuestra: las reacciones habituales del mexicano no son privativas de una clase, raza o grupo aislado, en situación de inferioridad. Las clases ricas también se cierran al mundo exterior y también se desgarran cada vez que intentan abrirse. Se trata de una actitud que rebasa las circunstancias históricas, aunque se sirve de ellas para manifestarse y se modifica a su contacto.

El mexicano, como todos los hombres, al servirse de las circunstancias las convierte en materia plástica y se funde a ellas. Al esculpirlas, se esculpe.

Si no es posible identificar nuestro carácter con el de los grupos sometidos, tampoco lo es negar su parentesco. En ambas situaciones el individuo y el grupo luchan, simultánea y contradictoriamente, por ocultarse y revelarse. Mas una diferencia nos separa. Siervos, criados o razas víctimas de un poder extraño cualquiera (los negros norteamericanos, por ejemplo), entablan un combate con una realidad concreta. Nosotros, en cambio, luchamos con entidades imaginarias, vestigios del pasado o fantasmas engendrados por nosotros mismos. Esos fantasmas y vestigios son reales, al menos para nosotros. Su realidad es de un orden sutil y atroz, porque es una realidad fantasmagórica. Son intocables e invencibles, ya que no están fuera de nosotros, sino en nosotros mismos. En la lucha que sostiene contra ellos nuestra voluntad de ser, cuentan con un aliado secreto y poderoso: nuestro miedo a ser. Porque todo lo que es el mexicano actual, como se ha visto, puede reducirse a esto: el mexicano no quiere o no se atreve a ser él mismo.

En muchos casos estos fantasmas son vestigios de realidades pasadas. Se originaron en la Conquista, en la Colonia, en la Independencia o en las guerras sostenidas contra yanquis y franceses. Otros reflejan nuestros problemas actuales, pero de una manera indirecta, escondiendo o disfrazando su verdadera naturaleza. ¿Y no es extraordinario que, desaparecidas las causas, persistan los efectos? ¿Y que los efectos oculten a las causas? En esta esfera es imposible escindir causas y efectos. En realidad, no hay causas y efectos, sino un complejo de reacciones y tendencias que se penetran mutuamente. La persistencia de ciertas actitudes y la libertad e independencia que asumen frente a las causas que las originaron, conduce a estudiarlas en la carne viva del presente y no en los textos históricos.

En suma, la historia podrá esclarecer el origen de muchos de nuestros fantasmas, pero no los disipará. Sólo nosotros po-

demos enfrentarnos a ellos. O dicho de otro modo: la historia
nos ayuda a comprender ciertos rasgos de nuestro carácter, a
condición de que seamos capaces de aislarlos y denunciarlos
previamente. Nosotros somos los únicos que podemos contestar a las preguntas que nos hacen la realidad y nuestro propio ser.

En nuestro lenguaje diario hay un grupo de palabras prohibi-
das, secretas, sin contenido claro, y a cuya mágica ambigüedad confiamos la expresión de las más brutales o sutiles de
nuestras emociones y reacciones. Palabras malditas, que sólo
pronunciamos en voz alta cuando no somos dueños de nosotros
mismos. Confusamente reflejan nuestra intimidad: las explosiones de nuestra vitalidad las iluminan y las depresiones de
nuestro ánimo las oscurecen. Lenguaje sagrado, como el de los
niños, la poesía y las sectas. Cada letra y cada sílaba están ani-
madas de una vida doble, al mismo tiempo luminosa y oscura,
que nos revela y oculta. Palabras que no dicen nada y dicen
todo. Los adolescentes, cuando quieren presumir de hombres,
las pronuncian con voz ronca. Las repiten las señoras, ya para
significar su libertad de espíritu, ya para mostrar la verdad de
sus sentimientos. Pues estas palabras son definitivas, categó-
ricas, a pesar de su ambigüedad y de la facilidad con que varía
su significado. Son las malas palabras, único lenguaje vivo en
un mundo de vocablos anémicos. La poesía al alcance de todos.

Cada país tiene la suya. En la nuestra, en sus breves y des-
garradas, agresivas, chispeantes sílabas, parecidas a la momen-
tánea luz que arroja el cuchillo cuando se le descarga contra
un cuerpo opaco y duro, se condensan todos nuestros apetitos, nuestras iras, nuestros entusiasmos y los anhelos que pelean
en nuestro fondo, inexpresados. Esa palabra es nuestro santo y
seña. Por ella y en ella nos reconocemos entre extraños y a
ella acudimos cada vez que aflora a nuestros labios la condición
de nuestro ser. Conocerla, usarla, arrojándola al aire como un
juguete vistoso o haciéndola vibrar como un arma afilada, es
una manera de afirmar nuestra mexicanidad.

Toda la angustiosa tensión que nos habita se expresa en una frase que nos viene a la boca cuando la cólera, la alegría o el entusiasmo nos llevan a exaltar nuestra condición de mexicanos: ¡Viva México, hijos de la Chingada! Verdadero grito de guerra, cargado de una electricidad particular, esta frase es un reto y una afirmación, un disparo, dirigido contra un enemigo imaginario, y una explosión en el aire. Nuevamente, con cierta patética y plástica fatalidad, se presenta la imagen del cohete que sube al cielo, se dispersa en chispas y cae oscuramente. O la del aullido en que terminan nuestras canciones, y que posee la misma ambigua resonancia: alegría rencorosa, desgarrada afirmación que se abre el pecho y se consume a sí misma.

Con ese grito, que es de rigor gritar cada 15 de septiembre, aniversario de la Independencia, nos afirmamos y afirmamos a nuestra patria, frente, contra y a pesar de los demás. ¿Y quiénes son los demás? Los demás son los "hijos de la chingada": los extranjeros, los malos mexicanos, nuestros enemigos, nuestros rivales. En todo caso, los "otros". Esto es, todos aquellos que no son lo que nosotros somos. Y esos otros no se definen sino en cuanto hijos de una madre tan indeterminada y vaga como ellos mismos.

¿Quién es la Chingada? Ante todo, es la Madre. No una Madre de carne y hueso, sino una figura mítica. La Chingada es una de las representaciones mexicanas de la Maternidad, como la Llorona o la "sufrida madre mexicana" que festejamos el diez de mayo. La Chingada es la madre que ha sufrido, metafórica o realmente, la acción corrosiva e infamante implícita en el verbo que le da nombre. Vale la pena detenerse en el significado de esta voz.

En la *Anarquía del lenguaje en la América Española*, Darío Rubio examina el origen de esta palabra y enumera las significaciones que le prestan casi todos los pueblos hispanoamericanos. Es probable su procedencia azteca: chingaste es xinachtli (semilla de hortaliza) o xinaxtli (aguamiel fermentado). La voz y sus derivados se usan, en casi toda América y en algunas regiones de España, asociados a las bebidas, alcohólicas o no: chingaste son los residuos o heces que quedan en el vaso, en Guatemala y El Salvador; en Oaxaca llaman chinga- ditos a los restos del café; en todo México se llama chínguere —o, significativamente, piquete— al alcohol; en Chile, Perú y Ecuador la chingana es la taberna; en España chingar equivale a beber mucho, a embriagarse; y en Cuba, un chinguirito es un trago de alcohol.

Chingar también implica la idea de fracaso. En Chile y Argentina se chinga un petardo, "cuando no revienta, se frustra o sale fallido". Y las empresas que fracasan, las fiestas que se aguan, las acciones que no llegan a su término, se chingan. En Colombia, chingarse es llevarse un chasco. En el Plata un ves- tido desgarrado es un vestido chingado. En casi todas partes chingarse es salir burlado, fracasar. Chingar, asimismo, se em- plea en algunas partes de Sudamérica como sinónimo de moles- tar, zaherir, burlar. Es un verbo agresivo, como puede verse por todas estas significaciones: descolar a los animales, incitar o hurgar a los gallos, chunguear, chasquear, perjudicar, echar a perder, frustrar.

En México los significados de la palabra son innumerables. Es una voz mágica. Basta un cambio de tono, una inflexión apenas, para que el sentido varíe. Hay tantos matices como en- tonaciones: tantos significados como sentimientos. Se puede ser un chingón, un Gran Chingón (en los negocios, en la po- lítica, en el crimen, con las mujeres), un chingaquedito (si- lencioso, disimulado, urdiendo tramas en la sombra, avanzando cauto para dar el mazazo), un chingoncito. Pero la pluralidad de significaciones no impide que la idea de agresión —en to- dos sus grados, desde el simple de incomodar, picar, zaherir, hasta el de violar, desgarrar y matar— se presente siempre como significado último. El verbo denota violencia, salir de sí mis- mo y penetrar por la fuerza en otro. Y también, herir, rasgar, violar —cuerpos, almas, objetos—, destruir. Cuando algo se rompe, decimos: "se chingó". Cuando alguien ejecuta un acto desmesurado y contra las reglas, comentamos: "hizo una chin- gadera".

La idea de romper y de abrir reaparece en casi todas las expresiones. La voz está teñida de sexualidad, pero no es sinónima del acto sexual; se puede chingar a una mujer sin poseerla. Y cuando se alude al acto sexual, la violación o el engaño le prestan un matiz particular. El que chinga jamás lo hace con el consentimiento de la chingada. En suma, chingar es hacer violencia sobre otro. Es un verbo masculino, activo, cruel: pica, hiere, desgarra, mancha. Y provoca una amarga, resentida satisfacción en el que lo ejecuta.

Lo chingado es lo pasivo, lo inerte y abierto, por oposición a lo que chinga, que es activo, agresivo y cerrado. El chingón es el macho, el que abre. La chingada, la hembra, la pasividad pura, inerme ante el exterior. La relación entre ambos es violenta, determinada por el poder cínico del primero y la impotencia de la otra. La idea de violación rige oscuramente todos los significados. La dialéctica de "lo cerrado" y "lo abierto" se cumple así con precisión casi feroz.

El poder mágico de la palabra se intensifica por su carácter prohibido. Nadie la dice en público. Solamente un exceso de cólera, una emoción o el entusiasmo delirante, justifican su expresión franca. Es una voz que sólo se oye entre hombres, o en las grandes fiestas. Al gritarla, rompemos un velo de pudor, de silencio o de hipocresía. Nos manifestamos tales como somos de verdad. Las malas palabras hierven en nuestro interior, como hierven nuestros sentimientos. Cuando salen, lo hacen brusca, brutalmente, en forma de alarido, de reto, de ofensa. Son proyectiles o cuchillos. Desgarran.

Los españoles también abusan de las expresiones fuertes. Frente a ellos el mexicano es singularmente pulcro. Pero mientras los españoles se complacen en la blasfemia y la escatología, nosotros nos especializamos en la crueldad y el sadismo. El español es simple: insulta a Dios porque cree en él. La blasfemia, dice Machado, es una oración al revés. El placer que experimentan muchos españoles, incluso algunos de sus más altos poetas, al aludir a los detritus y mezclar la mierda con lo sagrado se parece un poco al de los niños que juegan con lodo.

Hay, además del resentimiento, el gusto por los contrastes, que
ha engendrado el estilo barroco y el dramatismo de la gran pintura española. Sólo un español puede hablar con autoridad de
Onán y Don Juan. En las expresiones mexicanas, por el contrario, no se advierte la dualidad española simbolizada por la
oposición de lo real y lo ideal, los místicos y los pícaros, el
Quevedo fúnebre y el escatológico, sino la dicotomía entre
lo cerrado y lo abierto. El verbo chingar indica el triunfo de lo
cerrado, del macho, del fuerte, sobre lo abierto.

La palabra chingar, con todas estas múltiples significaciones, define gran parte de nuestra vida y califica nuestras relaciones con el resto de nuestros amigos y compatriotas. Para el
mexicano la vida es una posibilidad de chingar o de ser chingado. Es decir, de humillar, castigar y ofender. O a la inversa.
Esta concepción de la vida social como combate engendra fatalmente la división de la sociedad en fuertes y débiles. Los fuertes
—los chingones sin escrúpulos, duros e inexorables —se rodean
de fidelidades ardientes e interesadas. El servilismo ante los poderosos —especialmente entre la casta de los "políticos", esto es,
de los profesionales de los negocios públicos— es una de las
deplorables consecuencias de esta situación. Otra, no menos de-
gradante, es la adhesión a las personas y no a los principios. Con
frecuencia nuestros políticos confunden los negocios públicos
con los privados. No importa. Su riqueza o su influencia en la
administración les permite sostener una mesnada que el pueblo
llama, muy atinadamente, de "lambiscones" (de lamer).

El verbo chingar —maligno, ágil y juguetón como un animal de presa— engendra muchas expresiones que hacen de
nuestro mundo una selva: hay tigres en los negocios, águilas
en las escuelas o en los presidios, leones con los amigos. El
soborno se llama "morder". Los burócratas roen sus huesos
(los empleos públicos). Y en un mundo de chingones, de relaciones duras, presididas por la violencia y el recelo, en el que
nadie se abre ni se raja y todos quieren chingar, las ideas y
el trabajo cuentan poco. Lo único que vale es la hombría, el
valor personal, capaz de imponerse.

La voz tiene además otro significado, más restringido. Cuando decimos "vete a la Chingada", enviamos a nuestro interlocutor a un espacio lejano, vago e indeterminado. Al país de las cosas rotas, gastadas. País gris, que no está en ninguna parte, inmenso y vacío. Y no sólo por simple asociación fonética lo comparamos a la China, que es también inmensa y remota. La Chingada, a fuerza de uso, de significaciones contrarias y del roce de labios coléricos o entusiasmados, acaba por gastarse, agotar sus contenidos y desaparecer. Es una palabra hueca. No quiere decir nada. Es la Nada.

Después de esta digresión sí se puede contestar a la pregunta ¿qué es la Chingada? La Chingada es la Madre abierta, violada o burlada por la fuerza. El "hijo de la Chingada" es el engendro de la violación, del rapto o de la burla. Si se compara esta expresión con la española, "hijo de puta", se advierte inmediatamente la diferencia. Para el español la deshonra consiste en ser hijo de una mujer que voluntariamente se entrega, una prostituta; para el mexicano, en ser fruto de una violación.

Manuel Cabrera me hace observar que la actitud española refleja una concepción histórica y moral del pecado original, en tanto que la del mexicano, más honda y genuina, trasciende anécdota y ética. En efecto, toda mujer, aun la que se da voluntariamente, es desgarrada, chingada por el hombre. En cierto sentido todos somos, por el solo hecho de nacer de mujer, hijos de la Chingada, hijos de Eva. Mas lo característico del mexicano reside, a mi juicio, en la violenta, sarcástica humillación de la Madre y en la no menos violenta afirmación del Padre. Una amiga —las mujeres son más sensibles a la extrañeza de la situación— me hacía ver que la admiración por el Padre, símbolo de lo cerrado y agresivo, capaz de chingar y abrir, se transparenta en una expresión que empleamos cuando queremos imponer a otro nuestra superioridad: "Yo soy tu padre". En suma, la cuestión del origen es el centro secreto de nuestra ansiedad y angustia. Vale la pena detenerse un poco en el sentido que todo esto tiene para nosotros.

Estamos solos. La soledad, fondo de donde brota la angustia, empezó el día en que nos desprendimos del ámbito materno y caímos en un mundo extraño y hostil. Hemos caído; y esta caída, este sabernos caídos, nos vuelve culpables. ¿De qué? De un delito sin nombre: el haber nacido. Estos sentimientos son comunes a todos los hombres y no hay en ellos nada que sea específicamente mexicano; así pues, no se trata de repetir una descripción que ya ha sido hecha muchas veces, sino de aislar algunos rasgos y emociones que iluminan con una luz particular la condición universal del hombre.

En todas las civilizaciones la imagen del Dios Padre —apenas destrona a las divinidades femeninas— se presenta como una figura ambivalente. Por una parte, ya sea Jehová, Dios Creador, o Zeus, rey de la creación, regulador cósmico, el Padre encarna el poder genérico, origen de la vida; por la otra es el principio anterior, el Uno, de donde todo nace y adonde todo desemboca. Pero, además, es el dueño del rayo y del látigo, el tirano y el ogro devorador de la vida. Este aspecto —Jehová colérico, Dios de ira, Saturno, Zeus violador de mujeres— es el que aparece casi exclusivamente en las representaciones populares que se hace el mexicano del poder viril. El "macho" representa el polo masculino de la vida. La frase "yo soy tu padre" no tiene ningún sabor paternal, ni se dice para proteger, resguardar o conducir, sino para imponer una superioridad, esto es, para humillar. Su significado real no es distinto al del verbo chingar y algunos de sus derivados. El "Macho" es el Gran Chingón. Una palabra resume la agresividad, impasibilidad, invulnerabilidad, uso descarnado de la violencia, y demás atributos del "macho": poder. La fuerza, pero desligada de toda noción de orden: el poder arbitrario, la voluntad sin freno y sin cauce.

La arbitrariedad añade un elemento imprevisto a la figura del "macho". Es un humorista. Sus bromas son enormes, descomunales y desembocan siempre en el absurdo. Es conocida la anécdota de aquel que, para "curar" el dolor de cabeza de un compañero de juerga, le vació la pistola en el cráneo. Cierto o no, el sucedido revela con qué inexorable rigor la lógica de lo absurdo se introduce en la vida. El "macho" hace "chingaderas", es decir, actos imprevistos y que producen la confusión, el horror, la destrucción. Abre al mundo; al abrirlo, lo desgarra. El desgarramiento provoca una gran risa siniestra. A su manera es justo: restablece el equilibrio, pone las cosas en su sitio, esto es, las reduce a polvo, miseria, nada. El humorismo del "macho" es un acto de venganza.

Un psicólogo diría que el resentimiento es el fondo de su carácter. No sería difícil percibir también ciertas inclinaciones homosexuales, como el uso y abuso de la pistola, símbolo fálico portador de la muerte y no de la vida, el gusto por las cofradías cerradamente masculinas, etc. Pero cualquiera que sea el origen de estas actitudes, el hecho es que el atributo esencial del "macho", la fuerza, se manifiesta casi siempre como capacidad de herir, rajar, aniquilar, humillar. Nada más natural, por tanto, que su indiferencia frente a la prole que engendra. No es el fundador de un pueblo; no es el patriarca que ejerce la *patria potestas;* no es rey, juez, jefe de clan. Es el poder, aislado en su misma potencia, sin relación ni compromiso con el mundo exterior. Es la incomunicación pura, la soledad que se devora a sí misma y devora lo que toca. No pertenece a nuestro mundo; no es de nuestra ciudad; no vive en nuestro barrio. Viene de lejos, está lejos siempre. Es el Extraño. Es imposible no advertir la semejanza que guarda la figura del "macho" con la del conquistador español. Ése es el modelo —más mítico que real— que rige las representaciones que el pueblo mexicano se ha hecho de los poderosos: caciques, señores feudales, hacendados, políticos, generales, capitanes de industria. Todos ellos son "machos", "chingones".

El "macho" no tiene contrapartida heroica o divina. Hidalgo, el "padre de la patria", como es costumbre llamarlo en la jerga ritual de la República, es un anciano inerme, más encarnación del pueblo desvalido frente a la fuerza que imagen del poder y la cólera del padre terrible. Entre los numerosos santos patronos de los mexicanos tampoco aparece alguno que ofrezca semejanza con las grandes divinidades masculinas. Finalmente, no existe una veneración especial por el Dios padre de la Trinidad, figura más bien borrosa. En cambio, es muy frecuente y constante la devoción a Cristo, el Dios hijo, el Dios joven, sobre todo como víctima redentora. En las iglesias de los pueblos abundan las esculturas de Jesús —en cruz o cubiertas de llagas y heridas— en las que el realismo desollado de los españoles se alía al simbolismo trágico de los indios: las heridas son flores, prendas de resurrección, por una parte y, asimismo, reiteración de que la vida es la máscara dolorosa de la muerte.

El fervor del culto al Dios hijo podría explicarse, a primera vista, como herencia de las religiones prehispánicas. En efecto, a la llegada de los españoles casi todas las grandes divinidades masculinas —con la excepción de Tláloc, niño y viejo simultáneamente, deidad de mayor antigüedad— eran dioses hijos, como Xipe, dios del maíz joven, y Huitzilopochtli, el "guerrero del Sur". Quizá no sea ocioso recordar que el nacimiento de Huitzilopochtli ofrece más de una analogía con el de Cristo: también él es concebido sin contacto carnal; el mensajero divino también es un pájaro (que deja caer una pluma en el regazo de Coatlicue); y, en fin, también el niño Huitzilopochtli debe escapar de la persecución de un Herodes mítico. Sin embargo, es abusivo utilizar estas analogías para explicar la devoción a Cristo, como lo sería atribuirla a una mera supervivencia del culto a los dioses hijos. El mexicano venera al Cristo sangrante y humillado, golpeado por los soldados, condenado por los jueces, porque ve en él la imagen transfigurada de su propio destino. Y esto mismo lo lleva a reconocerse en Cuauhtémoc, el joven Emperador azteca destronado, torturado y asesinado por Cortés.

Cuauhtémoc quiere decir "águila que cae". El jefe mexica asciende al poder al iniciarse el sitio de México-Tenochtitlán, cuando los aztecas han sido abandonados sucesivamente por sus dioses, sus vasallos y sus aliados. Asciende sólo para caer, como un héroe mítico. Inclusive su relación con la mujer se ajusta al arquetipo del héroe joven, a un tiempo amante e hijo

de la Diosa. Así, López Velarde dice que Cuauhtémoc sale
al encuentro de Cortés, es decir, al sacrificio final, "desprendido
del pecho curvo de la Emperatriz". Es un guerrero pero también un niño. Sólo que el ciclo heroico no se cierra: héroe
caído, aún espera su resurrección. No es sorprendente que, para
la mayoría de los mexicanos, Cuauhtémoc sea el "joven abuelo",
el origen de México: la tumba del héroe es la cuna del pueblo.
Tal es la dialéctica de los mitos y Cuauhtémoc, antes que una
figura histórica, es un mito. Y aquí interviene otro elemento
decisivo, analogía que hace de esta historia un verdadero poema
en busca de un desenlace: se ignora el lugar de la tumba de
Cuauhtémoc. El misterio del paradero de sus restos es una de
nuestras obsesiones. Encontrarlo significa nada menos que volver a nuestro origen, reanudar nuestra filiación, romper la soledad. Resucitar.

Si se interroga a la tercera figura de la tríada, la Madre, escu-
charemos una respuesta doble. No es un secreto para nadie que
el catolicismo mexicano se concentra en el culto a la Virgen de
Guadalupe. En primer término: se trata de una Virgen india; enseguida: el lugar de su aparición (ante el indio Juan
Diego) es una colina que fue antes santuario dedicado a Tonan-
tzin, "nuestra madre", diosa de la fertilidad entre los aztecas.
Como es sabido, la Conquista coincide con el apogeo del culto a
dos divinidades masculinas: Quetzalcóatl, el dios del autosacrificio (crea el mundo, según el mito, arrojándose a la hoguera,
en Teotihuacán) y Huitzilopochtli, el joven dios guerrero que
sacrifica. La derrota de estos dioses —pues eso fue la Conquista
para el mundo indio: el fin de un ciclo cósmico y la instauración
de un nuevo reinado divino— produjo entre los fieles una suerte
de regreso hacia las antiguas divinidades femeninas. Este fenómeno de vuelta a la entraña materna, bien conocido de los psicó-
logos, es sin duda una de las causas determinantes de la rápida
popularidad del culto a la Virgen. Ahora bien, las deidades
indias eran diosas de fecundidad, ligadas a los ritmos cósmicos,
los procesos de vegetación y los ritos agrarios. La Virgen católica
es también una Madre (Guadalupe-Tonantzin la llaman aún

algunos peregrinos indios) pero su atributo principal no es velar por la fertilidad de la tierra sino ser el refugio de los desamparados. La situación ha cambiado: no se trata ya de asegurar las cosechas sino de encontrar un regazo. La Virgen es el consuelo de los pobres, el escudo de los débiles, el amparo de los oprimidos. En suma, es la Madre de los huérfanos. Todos los hombres nacimos desheredados y nuestra condición verdadera es la orfandad, pero esto es particularmente cierto para los indios y los pobres de México. El culto a la Virgen no sólo refleja la condición general de los hombres sino una situación histórica concreta, tanto en lo espiritual como en lo material. Y hay más: Madre universal, la Virgen es también la intermediaria, la mensajera entre el hombre desheredado y el poder desconocido, sin rostro: el Extraño.

Por contraposición a Guadalupe, que es la Madre virgen, la Chingada es la Madre violada. Ni en ella ni en la Virgen se encuentran rastros de los atributos negros de la Gran Diosa: lascivia de Amaterasu y Afrodita, crueldad de Artemisa y Astarté, magia funesta de Circe, amor por la sangre de Kali. Se trata de figuras pasivas. Guadalupe es la receptividad pura y los beneficios que produce son del mismo orden: consuela, serena, aquieta, enjuga las lágrimas, calma las pasiones. La Chingada es aún más pasiva. Su pasividad es abyecta: no ofrece resistencia a la violencia, es un montón inerte de sangre, huesos y polvo. Su mancha es constitucional y reside, según se ha dicho más arriba, en su sexo. Esta pasividad abierta al exterior la lleva a perder su identidad: es la Chingada. Pierde su nombre, no es nadie ya, se confunde con la nada, es la Nada. Y sin embargo, es la atroz encarnación de la condición femenina.

Si la Chingada es una representación de la Madre violada, no me parece forzado asociarla a la Conquista, que fue también una violación, no solamente en el sentido histórico, sino en la carne misma de las indias. El símbolo de la entrega es doña Malinche, la amante de Cortés. Es verdad que ella se da voluntariamente al Conquistador, pero éste, apenas deja de serle útil, la olvida. Doña Marina se ha convertido en una figura que representa a las indias, fascinadas, violadas o seducidas por los españoles. Y del mismo modo que el niño no perdona a su madre que lo abandone para ir en busca de su padre, el pueblo mexicano no perdona su traición a la Malinche. Ella encarna lo abierto, lo chingado, frente a nuestros indios, estoicos, impasibles y cerrados. Cuauhtémoc y doña Marina son así dos símbolos antagónicos y complementarios. Y si no es sorprendente el culto que todos profesamos al joven emperador —"único héroe a la altura del arte", imagen del hijo sacrificado—, tampoco es extraña la maldición que pesa contra la Malinche. De ahí el éxito del adjetivo despectivo "malinchista", recientemente puesto en circulación por los periódicos para denunciar a todos los contagiados por tendencias extranjerizantes. Los malinchistas son los partidarios de que México se abra al exterior: los verdaderos hijos de la Malinche, que es la Chingada en persona. De nuevo aparece lo cerrado por oposición a lo abierto.

Nuestro grito es una expresión de la voluntad mexicana de vivir cerrados al exterior, sí, pero sobre todo, cerrados frente al pasado. En ese grito condenamos nuestro origen y renegamos de nuestro hibridismo. La extraña permanencia de Cortés y de la Malinche en la imaginación y en la sensibilidad de los mexicanos actuales revela que son algo más que figuras históricas: son símbolos de un conflicto secreto, que aún no hemos resuelto. Al repudiar a la Malinche —Eva mexicana, según la representa José Clemente Orozco en su mural de la Escuela Nacional Preparatoria— el mexicano rompe sus ligas con el pasado, reniega de su origen y se adentra solo en la vida histórica.

El mexicano condena en bloque toda su tradición, que es un conjunto de gestos, actitudes y tendencias en el que ya es difícil distinguir lo español de lo indio. Por eso la tesis hispanista, que nos hace descender de Cortés con exclusión de la Malinche, es el patrimonio de unos cuantos extravagantes —que ni siquiera son blancos puros—. Y otro tanto se puede decir de la propaganda indigenista, que también está sostenida por criollos y mestizos maniáticos, sin que jamás los indios le hayan prestado atención. El mexicano no quiere ser ni indio, ni español. Tampoco quiere descender de ellos. Los niega. Y no se afirma en tanto que mestizo, sino como abstracción: es un hombre. Se vuelve hijo de la nada. Él empieza en sí mismo.

Esta actitud no se manifiesta nada más en nuestra vida diaria, sino en el curso de nuestra historia, que en ciertos momentos ha sido encarnizada voluntad de desarraigo. Es pasmoso que un país con un pasado tan vivo, profundamente tradicional, atado a sus raíces, rico en antigüedad legendaria si pobre en historia moderna, sólo se conciba como negación de su origen.

Nuestro grito popular nos desnuda y revela cuál es esa llaga que alternativamente mostramos o escondemos, pero no nos indica cuáles fueron las causas de esa separación y negación de la Madre, ni cuándo se realizó la ruptura. A reserva de examinar más detenidamente el problema, puede adelantarse que la Reforma liberal de mediados del siglo pasado parece ser el momento en que el mexicano se decide a romper con su tradición, que es una manera de romper con uno mismo. Si la Independencia corta los lazos políticos que nos unían a España, la Reforma niega que la nación mexicana en tanto que proyecto histórico, continúe la tradición colonial. Juárez y su generación fundan un Estado cuyos ideales son distintos a los que animaban a Nueva España o a las sociedades precortesianas. El Estado mexicano proclama una concepción universal y abstracta del hombre: la República no está compuesta por criollos, indios y mestizos, como con gran amor por los matices y respeto por la naturaleza heteróclita del mundo colonial especificaban las Leyes de Indias, sino por hombres, a secas. Y a solas.

La Reforma es la gran Ruptura con la Madre. Esta separación era un acto fatal y necesario, porque toda vida verdaderamente autónoma se inicia como ruptura con la familia y el pasado. Pero nos duele todavía esa separación. Aún respiramos por la herida. De ahí que el sentimiento de orfandad sea el fondo constante de nuestras tentativas políticas y de nuestros conflictos íntimos. México está tan solo como cada uno de sus hijos.

El mexicano y la mexicanidad se definen como ruptura y negación. Y, asimismo, como búsqueda, como voluntad por

trascender ese estado de exilio. En suma, como viva conciencia
de la soledad, histórica y personal. La historia, que no nos
podía decir nada sobre la naturaleza de nuestros sentimientos y
de nuestros conflictos, sí nos puede mostrar ahora cómo se realizó la ruptura y cuáles han sido nuestras tentativas para trascender la soledad.

V

CONQUISTA Y COLONIA

Cualquier contacto con el pueblo mexicano, así sea fugaz, muestra que bajo las formas occidentales laten todavía las antiguas creencias y costumbres. Esos despojos, vivos aún, son testimonio de la vitalidad de las culturas precortesianas. Y después de los descubrimientos de arqueólogos e historiadores ya no es posible referirse a esas sociedades como tribus bárbaras o primitivas. Por encima de la fascinación o del horror que nos produzcan, debe admitirse que los españoles al llegar a México encontraron civilizaciones complejas y refinadas.

Mesoamérica, esto es, el núcleo de lo que sería más tarde Nueva España, era un territorio que comprendía el centro y el sur del México actual y una parte de Centroamérica. Al norte, en los desiertos y planicies incultas, vagaban los nómadas, los chichimecas, como de manera genérica y sin distinción de nación llamaban a los bárbaros los habitantes de la Mesa Central. Las fronteras entre unos y otros eran inestables, como las de Roma. Los últimos siglos de Mesoamérica pueden reducirse, un poco sumariamente, a la historia del encuentro entre las oleadas de cazadores norteños, casi todos pertenecientes a la familia náhuatl, y las poblaciones sedentarias. Los aztecas son los últimos en establecerse en el Valle de México. El previo trabajo de erosión de sus predecesores y el desgaste de los resortes íntimos de las viejas culturas locales, hizo posible que acometieran la empresa extraordinaria de fundar lo que Arnold Toynbee llama un Imperio Universal, erigido sobre los restos de las antiguas sociedades. Los españoles, piensa el historiador inglés, no hicieron sino sustituirlos, resolviendo en una síntesis política la tendencia a la disgregación que amenazaba al mundo mesoamericano.

Cuando se reflexiona en lo que era nuestro país a la llegada de Cortés, sorprende la pluralidad de ciudades y culturas, que contrasta con la relativa homogeneidad de sus rasgos más característicos. La diversidad de los núcleos indígenas, y las rivalidades que los desgarraban, indica que Mesoamérica estaba constituida por un conjunto de pueblos, naciones y culturas autónomas, con tradiciones propias, exactamente como el Mediterráneo y otras áreas culturales. Por sí misma Mesoamérica era un mundo histórico.

Por otra parte, la homogeneidad cultural de esos centros muestra que la primitiva singularidad de cada cultura había sido sustituida, en época acaso no muy remota, por formas religiosas y políticas uniformes. En efecto, las culturas madres, en el centro y en el sur, se habían extinguido hacía ya varios siglos. Sus sucesores habían combinado y recreado toda aquella variedad de expresiones locales. Esta tarea de síntesis había culminado en la erección de un modelo, el mismo, con leves diferencias, para todos.

A pesar del justo descrédito en que han caído las analogías históricas, de las que se ha abusado con tanto brillo como ligereza, es imposible no comparar la imagen que nos ofrece Mesoamérica al comenzar el siglo XVI, con la del mundo helenístico en el momento en que Roma inicia su carrera de potencia universal. La existencia de varios grandes Estados, y la persistencia de un gran número de ciudades independientes, especialmente en la Grecia insular y continental, no impiden, sino subrayan, la uniformidad cultural de ese universo. Seléucidas, tolomeos, macedonios y muchos pequeños y efímeros estados, no se distinguen entre sí por la diversidad y originalidad de sus respectivas sociedades, sino por las rencillas que fatalmente los dividen. Otro tanto puede decirse de las sociedades mesoamericanas. En unas y otras diversas tradiciones y herencias culturales se mezclan y acaban por fundirse. La homogeneidad cultural contrasta con las querellas perpetuas que los dividen.

En el mundo helenístico la uniformidad se logró a través del predominio de la cultura griega, que absorbe a las culturas orientales. Es difícil determinar cuál fue el elemento unificador

de las sociedades indígenas. Una hipótesis, que no tiene más
valor que el de apoyarse en una simple reflexión, hace pensar
que el papel realizado por la cultura griega en el mundo antiguo fue cumplido en Mesoamérica por la cultura, aún sin nombre propio, que floreció en Tula y Teotihuacán, y a la que, no
sin inexactitud, se llama "tolteca". La influencia de las culturas
de la Mesa Central en el sur, especialmente en el área ocupada
por el llamado segundo Imperio maya, justifica esta idea. Es
notable que no exista influencia maya en Teotihuacán. Chi-
chén-Itzá, por el contrario, es una ciudad "tolteca". Todo parece indicar, pues, que en cierto momento las formas culturales
del centro de México terminaron por extenderse y predominar.

Desde un punto de vista muy general se ha descrito a Mesoamérica como un área histórica uniforme, determinada por la
presencia constante de ciertos elementos comunes a todas las
culturas: agricultura del maíz, calendario ritual, juego de pelota,
sacrificios humanos, mitos solares y de la vegetación semejantes, etc. Se dice que todos esos elementos son de origen suriano
y que fueron asimilados una y otra vez por las inmigraciones
norteñas. Así, la cultura mesoamericana sería el fruto de diversas creaciones del Sur, recogidas, desarrolladas y sistematiza-
das por grupos nómadas. Este esquema olvida la originalidad
de cada cultura local. La semejanza que se observa entre las
concepciones religiosas, políticas y míticas de los pueblos indo-
europeos, por ejemplo, no niega la originalidad de cada uno de
ellos. De todos modos, y más allá de la originalidad particular
de cada cultura, es evidente que todas ellas, decadentes o debili-
tadas, estaban a punto de ser absorbidas por el Imperio azteca,
heredero de las civilizaciones de la Meseta.

Aquellas sociedades estaban impregnadas de religión. La
misma sociedad azteca era un Estado teocrático y militar. Así,
la unificación religiosa antecedía, completaba o correspondía
de alguna manera a la unificación política. Con diversos nom-
bres, en lenguas distintas, pero con ceremonias, ritos y significaciones muy parecidos, cada ciudad precortesiana adoraba a
dioses cada vez más semejantes entre sí. Las divinidades agra-

rias —los dioses del suelo, de la vegetación y de la fertilidad, como Tláloc—, y los dioses nórdicos —celestes, guerreros y cazadores, como Tezcatlipoca, Huitzilopochtli, Mixcóatl— convivían en un mismo culto. El rasgo más acusado de la religión azteca en el momento de la Conquista es la incesante especulación teológica que refundía, sistematizaba y unificaba creencias dispersas, propias y ajenas. Esta síntesis no era el fruto de un movimiento religioso popular, como las religiones proletarias que se difunden en el mundo antiguo al iniciarse el cristianismo, sino la tarea de una casta, colocada en el pináculo de la pirámide social. Las sistematizaciones, adaptaciones y reformas de la casta sacerdotal reflejan que en la esfera de las creencias también se procedía por superposición —característica de las ciudades prehispánicas—. Del mismo modo que una pirámide azteca recubre a veces un edificio más antiguo, la unificación religiosa solamente afectaba a la superficie de la conciencia, dejando intactas las creencias primitivas. Esta situación prefiguraba la que introduciría el catolicismo, que también es una religión superpuesta a un fondo religioso original y siempre viviente. Todo preparaba la dominación española.

La Conquista de México sería inexplicable sin estos antecedentes. La llegada de los españoles parece una liberación a los pueblos sometidos por los aztecas. Los diversos estados-ciudades se alían a los conquistadores o contemplan con indiferencia, cuando no con alegría, la caída de cada uno de sus rivales y en particular del más poderoso: Tenochtitlán. Pero ni el genio político de Cortés, ni la superioridad técnica —ausente en hechos de armas decisivos como la batalla de Otumba—, ni la defección de vasallos y aliados, hubieran logrado la ruina del Imperio azteca si éste no hubiese sentido de pronto un desfallecimiento, una duda íntima que lo hizo vacilar y ceder. Cuando Moctezuma abre las puertas de Tenochtitlán a los españoles y recibe a Cortés con presentes, los aztecas pierden la partida. Su lucha final es un suicidio y así lo dan a entender todos los textos que tenemos sobre este acontecimiento grandioso y sombrío.

¿Por qué cede Moctezuma? ¿Por qué se siente extrañamente fascinado por los españoles y experimenta ante ellos un vértigo que no es exagerado llamar sagrado —el vértigo lúcido del suicida ante el abismo? Los dioses lo han abandonado. La gran traición con que comienza la historia de México no es la de los tlaxcaltecas, ni la de Moctezuma y su grupo, sino la de los dioses. Ningún otro pueblo se ha sentido tan totalmente desamparado como se sintió la nación azteca ante los avisos, profecías y signos que anunciaron su caída. Se corre el riesgo de no comprender el sentido que tenían esos signos y profecías para los indios si se olvida su concepción cíclica del tiempo. Según ocurre con muchos otros pueblos y civilizaciones, para los aztecas el tiempo no era una medida abstracta y vacía de contenido, sino algo concreto, una fuerza, sustancia o fluido que se gasta y consume. De ahí la necesidad de los ritos y sacrificios destinados a revigorizar el año o el siglo. Pero el tiempo —o más exactamente: los tiempos— además de constituir algo vivo que nace, crece, decae, renace, era una sucesión que regresa. Un tiempo se acaba; otro vuelve. La llegada de los españoles fue interpretada por Moctezuma —al menos al principio— no tanto como un peligro "exterior" sino como el acabamiento interno de una era cósmica y el principio de otra. Los dioses se van porque su tiempo se ha acabado; pero regresa otro tiempo y con él otros dioses, otra era.

Resulta más patética esta deserción divina cuando se piensa en la juventud y vigor del naciente Estado. Todos los viejos imperios, como Roma y Bizancio, sienten la seducción de la muerte al final de su historia. Los ciudadanos se alzan de hombros cuando llega, siempre tardío, el golpe final del extraño. Hay un cansancio imperial y la servidumbre parece carga ligera al que siente la fatiga del poder. Los aztecas experimentan el calosfrío de la muerte en plena juventud, cuando marchaban hacia la madurez. En suma, la Conquista de México es un hecho histórico en el que intervienen muchas y muy diversas circunstancias, pero se olvida con frecuencia la que me parece más significativa: el suicidio del pueblo azteca. Recordemos que la fascinación ante la muerte no es tanto un rasgo de madurez o de vejez como de juventud. Mediodía y medianoche son horas de suicidio ritual. Al mediodía, durante un instante, todo se detiene y vacila; la vida, como el sol, se pregunta a sí misma si vale la pena seguir. En ese momento de inmovilidad, que es también de vértigo, a la mitad de su carrera, el pueblo azteca alza la cara: los signos celestes le son adversos. Y siente la atracción de la muerte:

> Je pense, sur le bord doré de l'univers
> A ce goût de périr qui prend la Pythonise
> En qui mugit l'espoir que le monde finisse.

Una parte del pueblo azteca desfallece y busca al invasor. La otra, sin esperanza de salvación, traicionada por todos, escoge la muerte. Ante la sola presencia de los españoles se produce una escisión en la sociedad azteca, que corresponde al dualismo de sus dioses, de su sistema religioso y de sus castas superiores.

La religión azteca, como la de todos los pueblos conquistadores, era una religión solar. En el sol, el dios que es fuente de vida, el dios pájaro, y en su marcha que rompe las tinieblas y se establece en el centro del cielo como un ejército vencedor en medio de un campo de batalla, el azteca condensa todas las aspiraciones y empresas guerreras de su pueblo. Pues los dioses no son meras representaciones de la naturaleza. Encarnan también los deseos y la voluntad de la sociedad, que se autodiviniza en ellos. Huitzilopochtli, el guerrero del sur, "es el dios tribal de la guerra y del sacrificio... y comienza su carrera con una matanza. Quetzalcóatl-Nanauatzin es el dios-sol de los sacerdotes, que ven en el autosacrificio voluntario la más alta expresión de su doctrina del mundo y de la vida: Quetzalcóatl es un rey-sacerdote, respetuoso de los ritos y de los decretos del destino, que no combate y que se da la muerte para renacer. Huitzilopochtli, al contrario, es el sol-héroe de los guerreros, que se defiende, que lucha y que triunfa, *invictus sol* que abate a sus enemigos con las llamas de su xiucoatl. Cada una de estas personalidades divinas corresponde al ideal de una de las fracciones principales de la clase dirigente".[1]

La dualidad de la religión azteca, reflejo de su división teo-crático militar y de su sistema social, corresponde también a los impulsos contradictorios que habitan cada ser y cada grupo humano. El instinto de la muerte y el de la vida disputan en cada uno de nosotros. Esas tendencias profundas impregnan la actividad de clases, castas e individuos y en los momentos críticos se manifiestan con toda desnudez. La victoria del instinto de la muerte revela que el pueblo azteca pierde de pronto la conciencia de su destino. Cuauhtémoc lucha a sabiendas de la derrota. En esta íntima y denodada aceptación de su pérdida radica el carácter trágico de su combate. Y el drama de esta conciencia que ve derrumbarse todo en torno suyo, y en primer término sus dioses, creadores de la grandeza de su pueblo, parece presidir nuestra historia entera. Cuauhtémoc y su pueblo mueren solos, abandonados de amigos, aliados, vasallos y dioses. En la orfandad.

La caída de la sociedad azteca precipita la del resto del mundo indio. Todas las naciones que lo componían son presa del mismo horror, que se expresó casi siempre como fascinada aceptación de la muerte. Pocos documentos son tan impresionantes como los escasos que nos restan sobre esa catástrofe que sumió en una inmensa tristeza a muchos seres. He aquí el testimonio maya, según lo relata el Chilam Balam de Chumayel: "El 11 Ahan Katun llegaron los extranjeros de barbas rubias, los hijos del sol, los hombres de color claro. ¡Ay, entristezcámonos por-que llegaron!... El palo del blanco bajará, vendrá del cielo, por todas partes vendrá... Triste estará la palabra de Hunab-Ku, Única-deidad para nosotros, cuando se extienda por toda la tie-rra la palabra del Dios de los cielos..." Y más adelante: "será el comenzar de los ahorcamientos, el estallar del rayo en el ex-tremo del brazo de los blancos", (las armas de fuego)... "cuan-do caiga sobre los Hermanos el rigor de la pelea, cuando les

---

[1] Jacques Soustelle, *La pensée cosmologique des anciens mexicains.* París, 1940.

caiga el tributo en la gran entrada del cristianismo, cuando se funde el principio de los Siete Sacramentos, cuando comience el mucho trabajar en los pueblos y la miseria se establezca en la tierra".

EL CARÁCTER de la Conquista es igualmente complejo desde la perspectiva que nos ofrecen los testimonios legados por los españoles. Todo es contradictorio en ella. Como la Reconquista, es una empresa privada y una hazaña nacional. Cortés y el Cid guerrean, por su cuenta, bajo su responsabilidad y contra la voluntad de sus señores, pero en nombre y provecho del Rey. Son vasallos, rebeldes y cruzados. En su conciencia y en la de sus ejércitos, combaten nociones opuestas: los intereses de la Monarquía y los individuales, los de la fe y los del lucro. Y cada conquistador, cada misionero y cada burócrata es un campo de batalla. Si, aisladamente considerados, cada uno representa a los grandes poderes que se disputan la dirección de la sociedad —el feudalismo, la Iglesia y la Monarquía absoluta—, en su interior pelean otras tendencias. Las mismas que distinguen a España del resto de Europa y que la hacen, en el sentido literal de la palabra, una nación excéntrica.

España es la defensora de la fe y sus soldados los guerreros de Cristo. Esta circunstancia no impide al Emperador y a sus sucesores sostener polémicas encarnizadas con el Papado, que el Concilio de Trento no hace cesar completamente. España es una nación todavía medieval y muchas de las instituciones que erige en la Colonia y muchos de los hombres que las establecen son medievales. Al mismo tiempo, el Descubrimiento y la Conquista de América son una empresa renacentista. Así, España participa también en el Renacimiento —a menos que se piense que sus hazañas ultramarinas, consecuencia de la ciencia, la técnica y aun de los sueños y utopías renacentistas, no forman parte de ese movimiento histórico.

Por otra parte, los conquistadores no son nada más repeticiones del guerrero medieval, que lucha contra moros e infieles. Son aventureros, esto es, gente que se interna en los espacios

abiertos y se arriesga en lo desconocido, rasgo también renacentista. El caballero medieval, por el contrario, vive en un
mundo cerrado. Su gran empresa fueron las Cruzadas, acontecimiento histórico de signo distinto a la Conquista de América. El primero fue un rescate: el segundo, un descubrimiento
y una fundación. Y, en fin, muchos de los conquistadores
—Cortés, Jiménez de Quesada— son figuras inconcebibles en
la Edad Media. Sus gustos literarios tanto como su realismo político, su conciencia de la obra que realizan tanto como lo que
Ortega y Gasset llamaría "su estilo de vida", tienen escasa
relación con la sensibilidad medieval.

Si España se cierra al Occidente y renuncia al porvenir en el
momento de la Contrarreforma, no lo hace sin antes adoptar
y asimilar casi todas las formas artísticas del Renacimiento:
poesía, pintura, novela, arquitectura. Esas formas —amén de
otras filosóficas y políticas—, mezcladas a tradiciones e instituciones españolas de entraña medieval, son trasplantadas a nuestro Continente. Y es significativo que la parte más viva de la
herencia española en América esté constituida por esos elementos universales que España asimiló en un período también universal de su historia. La ausencia de casticismo, tradicionalismo
y españolismo —en el sentido medieval que se ha querido dar
a la palabra: costra y cáscara de la casta Castilla— es un rasgo
permanente de la cultura hispanoamericana, abierta siempre
al exterior y con voluntad de universalidad. Ni Juan Ruiz de
Alarcón, ni Sor Juana, ni Darío, ni Bello, son espíritus tradicionales, castizos. La tradición española que heredamos los hispanoamericanos es la que en España misma ha sido vista con desconfianza o desdén: la de los heterodoxos, abiertos hacia Italia
o hacia Francia. Nuestra cultura, como una parte de la española,
es libre elección de unos cuantos espíritus. Y así, según apuntaba
Jorge Cuesta, se define como una libertad frente al pasivo tradicionalismo de nuestros pueblos. Es una forma, a veces superpuesta o indiferente a la realidad que la sustenta. En ese
carácter estriba su grandeza y también, en algunos casos, su
vacuidad o su impotencia. El crecimiento de nuestra lírica

—que es por naturaleza diálogo entre el poeta y el Mundo— y la relativa pobreza de nuestras formas épicas y dramáticas, reside acaso en este carácter ajeno, desprendido de la realidad, de nuestra tradición.

La disparidad de elementos y tendencias que se observan en la Conquista no enturbia su clara unidad histórica. Todos ellos reflejan la naturaleza del Estado español, cuyo rasgo más notable consistía en ser una creación artificial, una construcción política en el más estricto de los significados de la palabra. La monarquía española nace de una violencia: la que los Reyes Católicos y sus sucesores imponen a la diversidad de pueblos y naciones sometidos a su dominio. La unidad española fue, y sigue siendo, fruto de la voluntad política del Estado, ajena a la de los elementos que la componen. (El catolicismo español siempre ha vivido en función de esa voluntad. De ahí, quizá, su tono beligerante, autoritario e inquisitorial.) La rapidez con que el Estado español asimila y organiza las conquistas que realizan los particulares muestra que una misma voluntad, perseguida con cierta coherente inflexibilidad, anima las empresas europeas y las de ultramar. Las colonias alcanzaron en poco tiempo una complejidad y perfección que contrasta con el lento desarrollo de las fundadas por otros países. La previa existencia de sociedades estables y maduras facilitó, sin duda, la tarea de los españoles, pero es evidente la voluntad hispana de crear un mundo a su imagen. En 1604, a menos de un siglo de la caída de Tenochtitlán, Balbuena da a conocer la Grandeza Mexicana.

En resumen, se contemple la Conquista desde la perspectiva indígena o desde la española, este acontecimiento es expresión de una voluntad unitaria. A pesar de las contradicciones que la constituyen, la Conquista es un hecho histórico destinado a crear una unidad de la pluralidad cultural y política precortesiana. Frente a la variedad de razas, lenguas, tendencias y Estados del mundo prehispánico, los españoles postulan un solo idioma, una sola fe, un solo Señor. Si México nace en el siglo XVI, hay que convenir que es hijo de una doble violencia imperial y unitaria: la de los aztecas y la de los españoles.

El Imperio que funda Cortés sobre los restos de las viejas culturas aborígenes era un organismo subsidiario, satélite del sol hispano. La suerte de los indios pudo ser así la de tantos pueblos que ven humillada su cultura nacional, sin que el nuevo orden —mera superposición tiránica— abra sus puertas a la participación de los dominados. Pero el Estado fundado por los españoles fue un orden abierto. Y esta circunstancia, así como las modalidades de la participación de los vencidos en la actividad central de la nueva sociedad: la religión, merecen un examen detenido. La historia de México, y aun la de cada mexicano, arranca precisamente de esa situación. Así pues, el estudio del orden colonial es imprescindible. La determinación de las notas más salientes de la religiosidad colonial —sea en sus manifestaciones populares o en las de sus espíritus más representativos— nos mostrará el sentido de nuestra cultura y el origen de muchos de nuestros conflictos posteriores.

LA PRESTEZA con que el Estado español —eliminando ambiciones de encomenderos, infidelidades de oidores y rivalidades de toda índole— recrea las nuevas posesiones a imagen y semejanza de la Metrópoli, es tan asombrosa como la solidez del edificio social que construye. La sociedad colonial es un orden hecho para durar. Quiero decir, una sociedad regida conforme a principios jurídicos, económicos y religiosos plenamente coherentes entre sí y que establecían una relación viva y armónica entre las partes y el todo. Un mundo suficiente, cerrado al exterior pero abierto a lo ultraterreno.

Es muy fácil reír de la pretensión ultraterrena de la sociedad colonial. Y más fácil aún denunciarla como una forma vacía, destinada a encubrir los abusos de los conquistadores o a justificarlos ante sí mismos y ante sus víctimas. Sin duda esto es verdad, pero no lo es menos que esa aspiración ultraterrena no era un simple añadido, sino una fe viva y que sustentaba, como la raíz al árbol, fatal y necesariamente, otras formas culturales y económicas. El catolicismo es el centro de la sociedad colonial porque de verdad es la fuente de vida que nutre las actividades, las pasiones, las virtudes y hasta los pecados de siervos y señores, de funcionarios y sacerdotes, de comerciantes y militares. Gracias a la religión el orden colonial no es una mera superposición de nuevas formas históricas, sino un organismo viviente. Con la llave del bautismo el catolicismo abre las puertas de la sociedad y la convierte en un orden universal, abierto a todos los pobladores. Y al hablar de la Iglesia Católica, no me refiero nada más a la obra apostólica de los misioneros, sino a su cuerpo entero, con sus santos, sus prelados rapaces, sus eclesiásticos pedantes, sus juristas apasionados, sus obras de caridad y su atesoramiento de riquezas.

Es cierto que los españoles no exterminaron a los indios porque necesitaban la mano de obra nativa para el cultivo de los enormes feudos y la explotación minera. Los indios eran bienes que no convenía malgastar. Es difícil que a esta consideración se hayan mezclado otras de carácter humanitario. Semejante hipótesis hará sonreír a cualquiera que conozca la conducta de los encomenderos con los indígenas. Pero sin la Iglesia el destino de los indios habría sido muy diverso. Y no pienso solamente en la lucha emprendida para dulcificar sus condiciones de vida y organizarlos de manera más justa y cristiana, sino en la posibilidad que el bautismo les ofrecía de formar parte, por la virtud de la consagración, de un orden y de una Iglesia. Por la fe católica los indios, en situación de orfandad, rotos los lazos con sus antiguas culturas, muertos sus dioses tanto como sus ciudades, encuentran un lugar en el mundo. Esa posibilidad de pertenecer a un orden vivo, así fuese en la base de la pirámide social, les fue despiadadamente negada a los nativos por los protestantes de Nueva Inglaterra. Se olvida con frecuencia que pertenecer a la fe católica significaba encontrar un sitio en el Cosmos. La huida de los dioses y la muerte de los jefes habían dejado al indígena en una soledad tan completa como difícil de imaginar para un hombre moderno. El catolicismo le hace reanudar sus lazos con el mundo y el trasmundo. Devuelve sentido a su presencia en la tierra, alimenta sus esperanzas y justifica su vida y su muerte.

Resulta innecesario añadir que la religión de los indios, como la de casi todo el pueblo mexicano, era una mezcla de las nuevas y las antiguas creencias. No podía ser de otro modo, pues el catolicismo fue una religión impuesta. Esta circunstancia, de la más alta trascendencia desde otro punto de vista, carecía de interés inmediato para los nuevos creyentes. Lo esencial era que sus relaciones sociales, humanas y religiosas con el mundo circundante y con lo Sagrado se habían restablecido. Su existencia particular se insertaba en un orden más vasto. No por simple devoción o servilismo los indios llamaban "tatas" a los misioneros y "madre" a la Virgen de Guadalupe.

La diferencia con las colonias sajonas es radical. Nueva España conoció muchos horrores, pero por lo menos ignoró el más grave de todos: negarle un sitio, así fuere el último en la escala social, a los hombres que la componían. Había clases, castas, esclavos, pero no había parias, gente sin condición social determinada o sin estado jurídico, moral o religioso. La diferencia con el mundo de las modernas sociedades totalitarias es también decisiva.

Es cierto que Nueva España, al fin y al cabo sociedad satélite, no creó un arte, un pensamiento, un mito o formas de vida originales. (Las únicas creaciones realmente originales de América —y no excluyo naturalmente a los Estados Unidos— son las precolombinas.) También es cierto que la superioridad técnica del mundo colonial y la introducción de formas culturales más ricas y complejas que las mesoamericanas, no bastan para justificar una época. Pero la creación de un orden universal, logro extraordinario de la Colonia, sí justifica a esa sociedad y la redime de sus limitaciones. La gran poesía colonial, el arte barroco, las Leyes de Indias, los cronistas, historiadores y sabios y, en fin, la arquitectura novohispana, en la que todo, aun los frutos fantásticos y los delirios profanos, se armoniza bajo un orden tan riguroso como amplio, no son sino reflejos del equilibrio de una sociedad en la que también todos los hombres y todas las razas encontraban sitio, justificación y sentido. La sociedad estaba regida por un orden cristiano que no es distinto al que se admira en templos y poemas.

No pretendo justificar a la sociedad colonial. En rigor, mientras subsista esta o aquella forma de opresión, ninguna sociedad se justifica. Aspiro a comprenderla como una totalidad viva y, por eso, contradictoria. Del mismo modo me niego a ver en los sacrificios humanos de los aztecas una expresión aislada de crueldad sin relación con el resto de esa civilización: la extracción de corazones y las pirámides monumentales, la escultura y el canibalismo ritual, la poesía y la "guerra florida", la teocracia y los mitos grandiosos son un todo indisoluble. Negar esto es tan infantil como negar al arte gótico o a la poesía provenzal en nombre de la situación de los siervos medievales, negar a Esquilo porque había esclavos en Atenas. La historia tiene la realidad atroz de una pesadilla; la grandeza del hombre consiste en hacer obras hermosas y durables con la sustancia real de esa pesadilla. O dicho de otro modo: transfigurar la pesadilla en visión, liberarnos, así sea por un instante, de la realidad disforme por medio de la creación.

DURANTE siglos España digiere y perfecciona las ideas que le habían dado el ser. La actividad intelectual no deja de ser creadora, pero solamente en la esfera del arte y dentro de los límites que se sabe. La crítica —que en esos siglos y en otras partes es la más alta forma de creación— existe apenas en ese mundo cerrado y satisfecho. Hay, sí, la sátira, la disputa teológica y una actividad constante por extender, perfeccionar y hacer más sólido el edificio que albergaba a tantos y tan diversos pueblos. Pero los principios que rigen a la sociedad son inmutables e intocables. España no inventa ya, ni descubre: se extiende, se defiende, se recrea. No quiere cambiar, sino durar. Y otro tanto ocurre con sus posesiones ultramarinas. Superada la primera época de borrascas y disturbios, la Colonia padece crisis periódicas —como la que atraviesan Sigüenza y Góngora y Sor Juana— pero ninguna de ellas toca las raíces del régimen o pone en tela de juicio los principios en que se funda.

El mundo colonial era proyección de una sociedad que había ya alcanzado su madurez y estabilidad en Europa. Su originalidad es escasa. Nueva España no busca, ni inventa: aplica y adapta. Todas sus creaciones, incluso la de su propio ser, son reflejos de las españolas. Y la permeabilidad con que lentamente las formas hispánicas aceptan las modificaciones que les impone la realidad novohispana, no niega el carácter conservador de la Colonia. Las sociedades tradicionales, observa Ortega y Gasset, son realistas: desconfían de los saltos bruscos pero cambian despacio, aceptando las sugestiones de la realidad. La "Grandeza Mexicana" es la de un sol inmóvil, mediodía prematuro que ya nada tiene que conquistar sino su descomposición.

La especulación religiosa había cesado desde hacía siglos. La doctrina estaba hecha y se trataba sobre todo de vivirla. La Iglesia se inmoviliza en Europa, a la defensiva. La escolástica se defiende mal, como las pesadas naves españolas, presa de las más ligeras de holandeses e ingleses. La decadencia del catolicismo europeo coincide con su apogeo hispanoamericano: se extiende en tierras nuevas en el momento en que ha dejado de ser creador. Ofrece una filosofía hecha y una fe petrificada, de modo que la originalidad de los nuevos creyentes no encuentra ocasión de manifestarse. Su adhesión es pasiva. El fervor y la profundidad de la religiosidad mexicana contrasta con la relativa pobreza de sus creaciones. No poseemos una gran poesía religiosa, como no tenemos una filosofía original, ni un solo místico o reformador de importancia.

Esta situación paradójica —y no por eso menos real— explica buena parte de nuestra historia y es el origen de muchos de nuestros conflictos psíquicos. El catolicismo ofrece un refugio a los descendientes de aquellos que habían visto la exterminación de sus clases dirigentes, la destrucción de sus templos y manuscritos y la supresión de las formas superiores de su cultura pero, por razón misma de su decadencia europea, les niega toda posibilidad de expresar su singularidad. Así, redujo la participación de los fieles a la más elemental y pasiva de las actitudes religiosas. Pocos podían alcanzar una comprensión más entera de sus nuevas creencias. Y la inmovilidad de éstas, así como la del enmohecido aparato escolástico, hacía más difícil toda participación creadora. Agréguese que el conjunto de los creyentes descendía de las clases inferiores de la antigua socie- dad. Por tal razón, eran gente con una tradición cultural pobre (los depositarios del saber mágico y religioso, guerreros y sacerdotes, habían sido exterminados o españolizados). En suma, la creación religiosa estaba vedada a los creyentes a consecuen- cia de las circunstancias que determinaban su participación. De ahí la relativa infecundidad del catolicismo colonial, sobre todo si se recuerda su fertilidad entre bárbaros y romanos, cristiani- zados en el momento en que la religión era la única fuerza viva del mundo antiguo. No es difícil, pues, que nuestra actitud antitradicional y la ambigüedad de nuestra posición frente al catolicismo se originen en este hecho. Religión y Tradición se nos han ofrecido siempre como formas muertas, inservibles, que mutilan o asfixian nuestra singularidad.

No es sorprendente, en estas circunstancias, la persistencia del fondo precortesiano. El mexicano es un ser religioso y su ex- periencia de lo Sagrado es muy verdadera, mas ¿quién es su Dios: las antiguas divinidades de la tierra o Cristo? Una invo- cación chamula, verdadera plegaria a pesar de la presencia de ciertos elementos mágicos, responde con claridad a esta pregunta:

> Santa tierra, santo cielo; Dios Señor, Dios Hijo, Santa Tie-
> rra, Santo cielo, santa gloria, hazte cargo de mí, represéntame;
> ve mi trabajo, ve mi labor, ve mi sufrir. Gran Hombre, gran
> Señor, gran padre, gran petome, gran espíritu de mujer, ayúda-
> me. En tus manos pongo el tributo; aquí está la reposición de
> su chulel. Por mi incienso, por mis velas, espíritu de la luna,
> virgen madre del cielo, virgen madre de la tierra; Santa Rosa,
> por su primer hijo, por tu primera gloria, ve a tu hijo estrujado
> en su espíritu, en su chulel.

En muchos casos el catolicismo sólo recubre las antiguas

creencias cosmogónicas. He aquí cómo el mismo chamula, Juan
Pérez Jolote, nuestro contemporáneo según el Registro Civil,
nuestro antepasado si se atiende a sus creencias, describe la imagen de Cristo en una iglesia de su pueblo, explicando lo que
significa para él y su raza:

> Este que está encajonado es el Señor San Manuel; se llama
> también señor San Salvador, o señor San Mateo; es el que
> cuida a la gente, a las criaturas. A él se le pide que cuide a uno
> en la casa, en los caminos, en la tierra. Este otro que está en
> la cruz es también el señor San Mateo; está enseñando, está
> mostrando cómo se muere en la cruz, para enseñarnos a respe-
> tar... antes de que naciera San Manuel, el sol estaba frío igual
> que la luna. En la tierra vivían los pukujes, que se comían
> a la gente. El sol empezó a calentar cuando nació el niño
> Dios, que es hijo de la Virgen, el señor San Salvador.[2]

En el relato del chamula, caso extremo y por lo tanto ejemplar, es visible la superposición religiosa y la presencia imborrable de los mitos indígenas. Antes del nacimiento de Cristo,
el sol —ojo de Dios— no calienta. El astro es un atributo de
la divinidad. De ahí que el chamula repita que gracias a la
presencia de Dios la naturaleza se pone en marcha. ¿No es
ésta una versión, muy deformada, del hermoso mito de la creación del mundo? En Teotihuacán los dioses también se enfrentan al problema del astro-fuente-de-vida. Y sólo el sacrificio
de Quetzalcóatl pone en movimiento al sol y salva al mundo
del incendio sagrado. La persistencia del mito precortesiano
subraya la diferencia entre la concepción cristiana y la indígena;
Cristo salva al mundo porque nos redime y lava la mancha del
pecado original. Quetzalcóatl no es tanto un dios redentor como
re-creador. La noción del pecado para los indios está todavía
ligada a la idea de salud y enfermedad, personal, social y cósmica. Para el cristiano se trata de salvar el alma individual, des-
prendida del grupo y del cuerpo. El cristianismo condena al

[2] Ricardo Pozas A., *Juan Pérez Jolote. Autobiografía de un tzotzil,* 5ª ed.,
México, FCE, 1965.

mundo; el indio sólo concibe la salvación personal como parte de la del cosmos y de la sociedad.

Nada ha trastornado la relación filial del pueblo con lo Sagrado, fuerza constante que da permanencia a nuestra nación y hondura a la vida afectiva de los desposeídos. Pero nada tampoco ha logrado hacerla más despierta y fecunda, ni siquiera la mexicanización del catolicismo, ni siquiera la Virgen de Guadalupe. Por eso los mejores no han vacilado en desprenderse del cuerpo de la Iglesia y salir a la intemperie. Allí, en la soledad y desnudez del combate espiritual, han respirado un poco de ese "aire religioso fresco" que pedía Jorge Cuesta.

La época de Carlos II es una de las más tristes y vacías de la Historia de España. Todas sus reservas espirituales habían sido devoradas por el fuego de una vida y un arte dinámicos, desgarrados por los extremos y las antítesis. La decadencia de la cultura española en la Península coincide con su mediodía en América. El arte barroco alcanza un momento de plenitud en este período. Los mejores no sólo escriben poesía. Se interesan por la astronomía, la física o la antigüedad americana. Espíritus despiertos en una sociedad inmovilizada por la letra, presagian otra época y otras preocupaciones, al mismo tiempo que llevan hasta sus últimas consecuencias las tendencias estéticas de su tiempo. Y en todos ellos se dibuja una cierta oposición entre sus concepciones religiosas y las exigencias de su curiosidad y rigor intelectuales. Algunos emprenden una imposible síntesis. Sor Juana, por ejemplo, emprende la composición del Primer Sueño, tentativa por conciliar ciencia y poesía, barroquismo e iluminismo.

Sería inexacto identificar el drama de esta generación con el que desgarra a sus contemporáneos europeos y que el siglo xviii hará patente. El conflicto que los habita —y que acaba por reducirlos al silencio— no es tanto el de la fe y la razón como el de la petrificación de unas creencias que habían perdido toda su frescura y fertilidad y que, por lo tanto, eran incapaces de satisfacer lo que su apetito espiritual les pedía. Edmundo O'Gorman plantea así los términos del conflicto: "estado intermedio en que la razón hace estragos en la calma y en que ya no basta el consuelo de la religión". Pero no bastan los consuelos de la fe porque se trata de una fe inmóvil y seca. La crítica de la razón vendrá, en América, más tarde. O'Gorman precisa el carácter de la disyuntiva como sigue: "tener fe en Dios y en la razón a un mismo tiempo es vivir con el ser arraigado, desgarrado si se prefiere, en la posibilidad real, única, extremosa y contradictoria, constituida por dos posibles imposibles del existir humano".[3] Esta penetrante descripción es válida si se atenúan los polos de esas imposibles posibilidades. Pues no se puede negar la autenticidad de los sentimientos religiosos de esa generación, pero tampoco su inmovilidad y cansancio. Y, por lo que toca al otro término de la disyuntiva, no se debe exagerar el racionalismo de Sigüenza o de Sor Juana, que nunca tuvieron plena conciencia del problema que empezaba a escindir los espíritus. La lucha me parece que se entabla entre su vitalidad intelectual, su ansia por saber y penetrar en mundos mal explorados, y la ineficacia de los instrumentos que les proporcionaban la teología y la cultura novohispana. Su conflicto transparenta el de la sociedad colonial, que no dudaba tampoco, pero que no acertaba a expresar su intimidad a través de formas petrificadas. El orden colonial fue un orden impuesto de arriba hacia abajo; sus formas sociales, económicas, jurídicas y religiosas eran inmutables. Sociedad regida por el derecho divino y el absolutismo monárquico, había sido creada en todas sus piezas como un inmenso, complicado artefacto destinado a durar pero no a transformarse. En la época de Sor Juana los mejores espíritus empiezan a mostrar —así sea en forma borrosa y tímida— una vitalidad y curiosidad intelectual en abierto contraste con la anemia de la España negra de Carlos II (significativamente apodado El Hechizado). Sigüenza y Góngora se interesa por las antiguas civilizaciones indias y, con Sor Juana y algunos otros, por la filosofía de Des-

[3] Edmundo O'Gorman, *Crisis y porvenir de la ciencia histórica*. México, 1947.

cartes, la física experimental, la astronomía. La Iglesia ve con recelo todas estas curiosidades; el poder temporal, por su parte, extrema el aislamiento político, económico y espiritual de sus colonias, hasta convertirlas en recintos cerrados. En los campos y en las ciudades hay disturbios, reprimidos implacablemente. En ese mundo cerrado la generación de Sor Juana se hace ciertas preguntas —más insinuadas que formuladas, más presentidas que pensadas— para las que su tradición espiritual no ofrecía respuesta. (Las respuestas ya habían sido dadas afuera, en el aire libre de la cultura europea.) Esto explica, acaso, que a pesar de su osadía, nadie entre ellos emprenda la crítica de los principios que fundaban la sociedad colonial, ni proponga otros. Cuando la crisis se declara, esa generación abdica. Ha cesado su ambigua lucha. Su renuncia —que no tiene nada que ver con una conversión religiosa— desemboca en el silencio. No se entregan a Dios, sino que se niegan a sí mismos. Esa negación es la del mundo colonial, que se cierra sobre sí mismo. No hay salida, excepto por la ruptura.

Nadie como Juana de Asbaje encarna la dualidad de ese mundo, aunque la superficie de su obra, como la de su vida, no delate fisura alguna. Todo en ella responde a lo que su tiempo podía pedir a una mujer. Al mismo tiempo y sin contradicción profunda, Sor Juana era poetisa y monja jerónima, amiga de la Condesa de Paredes y autora dramática. Sus devaneos amorosos, si los tuvo o si sólo son inflamadas invenciones retóricas, su amor por la conversación y la música, sus tentativas literarias y hasta las tendencias sexuales que algunos le atribuyen, no se oponen, sino exigen su fin ejemplar. Sor Juana afirma su tiempo tanto como su tiempo se afirma en ella. Pero dos de sus obras, la Respuesta a Sor Filotea y el Primer Sueño, arrojan una extraña luz sobre su figura y sobre su tiempo. Y la hacen ejemplar en sentido muy distinto al que piensan sus panegiristas católicos.

Se ha comparado el Primer Sueño a las Soledades. En efecto, el poema de Sor Juana es una imitación del de don Luis de Góngora. No obstante, las diferencias profundas son mayores que las semejanzas externas. Menéndez y Pelayo reprochaba a Góngora su vaciedad. Si se sustituye este adjetivo por la palabra "superficial", se estará más cerca de la concepción poética de Góngora, que no pretende sino construir —o como decía Bernardo Balbuena: contrahacer— un mundo de apariencias. La trama de las Soledades cuenta poco; la sustancia filosófica —si existe alguna— importa menos. Todo es pretexto para descripciones y digresiones. Y cada una de ellas se disuelve, a su vez, en imágenes, antítesis y figuras retóricas. Si algo camina en el poema de Góngora, no es precisamente el náufrago, ni su pensamiento, sino la imaginación del poeta. Pues, como él mismo dice en el prólogo, sus versos "pasos de un peregrino son errante". Y este son peregrino, este peregrino que canta, se detiene en una palabra o en un color, lo acaricia y lo prolonga y hace de cada período una imagen y de cada imagen un mundo. El discurso poético fluye lento, se bifurca en "paréntesis frondosos", que son islas esbeltas, y continúa errante entre paisajes, sombras, luces, realidades que redime e inmoviliza. La poesía es goce puro, recreación artificial de una naturaleza ideal, según indica Dámaso Alonso. Así, no hay conflicto entre sustancia y forma, porque Góngora vuelve todo forma, todo superficie cristalina o trémula, tersa o undosa.

Sor Juana utiliza el procedimiento de Góngora, pero acomete un poema filosófico. Quiere penetrar en la realidad, no transmutarla en deliciosa superficie. Las oscuridades del poema son dobles: las sintácticas y mitológicas y las conceptuales. El poema, dice Alfonso Reyes, es una tentativa por llegar "a una poesía de pura emoción intelectual". La visión que nos entrega el Primer Sueño es la del sueño de la noche universal, en la que el mundo y el hombre sueñan y son soñados, Cosmos que se sueña hasta cuando sueña que despierta. Nada más alejado de la noche carnal y espiritual de los místicos que esta noche intelectual. El poema de Sor Juana no tiene antecedentes en la poesía de la lengua española y, como insinúa Vossler, prefigura el movimiento poético de la Ilustración alemana. Pero el Primer Sueño es un intento más que un logro, al contrario de lo que ocurre con las Soledades, aunque su autor no las haya terminado. Y no podía ser de otro modo, pues en el poema de Sor Juana, como en su vida misma, hay una zona neutra, de vacío: la que produce el choque de las tendencias opuestas que la devoraban y que no acertó a reconciliar.

Sor Juana nos ha dejado un texto revelador, al mismo tiempo declaración de fe en la inteligencia y renuncia a su ejercicio: la Respuesta a Sor Filotea. Defensa del intelectual y de la mujer, la Respuesta es también la historia de una vocación. Si se ha de hacer caso a sus confesiones, apenas hubo ciencia que no la tentara. Su curiosidad no es la del hombre de ciencia, sino la del hombre culto que aspira a integrar en una visión coherente todas las particularidades del conocimiento. Presentía un oculto engarce entre todas las verdades. Al referirse a la diversidad de sus estudios, advierte que sus contradicciones son más aparentes que reales, "al menos en lo formal y especulativo". Las ciencias y las artes, por más contrarias que sean, no sólo no estorban a la comprensión general de la naturaleza, "sino la ayudan, dando luz y abriendo camino las unas a las otras, por variaciones y ocultos enlaces... de manera que parece que se corresponden y están unidas en admirable trabazón y concierto"...

Si no era mujer de ciencia, tampoco era un espíritu filosófico, porque carecía del poder que abstrae. Su sed de conocimiento no está reñida con la ironía y la versatilidad y en otros tiempos hubiera escrito ensayos y crítica. Así, no vive para una idea, ni crea ideas nuevas: vive las ideas, que son su atmósfera y su alimento natural. Es un intelectual: una conciencia. No es posible dudar de la sinceridad de sus sentimientos religiosos, pero allí donde un espíritu devoto encontraría pruebas de la presencia de Dios o de su poder, Sor Juana halla ocasión para formular hipótesis y preguntas. Aunque repita con frecuencia que todo viene de Dios, busca siempre una explicación racional: "Estaban en mi presencia dos niñas jugando con un trompo y apenas yo vi el movimiento y la figura cuando empecé, con esta mi locura, a considerar el fácil *motu* de la forma esférica..."

Contrastan estas declaraciones con las de los escritores españoles de la época —y aun con las de los escritores de las generaciones posteriores—. Para ninguno de ellos el mundo físico es un problema: aceptan la realidad tal cual es o la condenan. Fuera de la acción, no hay sino la contemplación, parece decirnos la literatura española de los Siglos de Oro. Entre aventura y renuncia se mueve la vida histórica española. Ni Gracián ni Quevedo, para no hablar de los escritores religiosos, muestran interés por el conocimiento en sí. Desdeñan la curiosidad intelectual y todo su saber lo refieren a la conducta, a la moral o a la salvación. Estoicos o cristianos, como se ha dicho, ignoran la actividad intelectual pura. Fausto es impensable en esa tradición. La inteligencia no les proporciona ningún placer; es un arma peligrosa: sirve para derrotar a los enemigos pero también puede hacernos perder el alma. La solitaria figura de Sor Juana se aísla más en ese mundo hecho de afirmaciones y negaciones, que ignora el valor de la duda y del examen.

La Respuesta no es sólo un autorretrato sino la defensa de un espíritu siempre adolescente, siempre ávido e irónico, apasionado y reticente. Su doble soledad, de mujer y de intelectual, condensa un conflicto también doble: el de su sociedad y el de su feminidad. La respuesta a Sor Filotea es una defensa de la mujer. Hacer esa defensa y atreverse a proclamar su afición por el pensamiento desinteresado, la hacen una figura moderna. Si en su afirmación del valor de la experiencia no es ilusorio ver una instintiva reacción contra el pensamiento tradicional de España, en su concepción del conocimiento —que no confunde con la erudición, ni identifica con la religión— hay una implícita defensa de la conciencia intelectual. Todo la lleva a concebir el mundo como un problema o como un enigma más que como un sitio de salvación o perdición. Y esto da a su pensamiento una originalidad que merecía algo más que los elogios de sus contemporáneos o que los reproches de su confesor y que aún en nuestros días solicita un juicio más hondo y un examen más arriesgado.

"¿Cómo es posible que sonidos tan preñados de futuro salgan de pronto de un convento de monjas mexicanas?", se pregunta Vossler. Y se responde: "su curiosidad por la mitología antigua y por la física moderna, por Aristóteles y Harvey, por las ideas de Platón y la linterna mágica de Kircher... no hubiera prosperado en las universidades pedantes y temerosamente dogmáticas de la Vieja España". Tampoco prosperó en México mucho tiempo. Después de los motines de 1692 la vida intelectual se oscurece rápidamente. Sigüenza y Góngora abandona bruscamente sus aficiones históricas y arqueológicas. Sor Juana renuncia a sus libros y muere poco después. La crisis social, hace notar Vossler, coincide con la de los espíritus.

Pese al brillo de su vida, al patetismo de su muerte, y a la admirable geometría que preside sus mejores creaciones poéticas, hay en la vida y en la obra de Sor Juana algo irrealizado y deshecho. Se advierte la melancolía de un espíritu que no logró nunca hacerse perdonar su atrevimiento y su condición de mujer. Ni su época le ofrecía los alimentos intelectuales que su avidez necesitaba, ni ella pudo —¿y quién?— crearse un mundo de ideas con las que vivir a solas. Siempre fue muy viva en ella la conciencia de su singularidad: "¿Qué podemos saber las mujeres sino filosofía de cocina?", pregunta con una sonrisa. Pero le duele la herida: "¿Quién no creerá, viendo tan generales aplausos, que he navegado viento en popa sobre las palmas de las aclamaciones comunes?" Sor Juana es una figura de soledad. Indecisa y sonriente se mueve entre dos luces, consciente de la dualidad de su condición y de lo imposible de su empeño. Es muy frecuente escuchar reproches contra hombres que han estado por debajo de su destino, ¿cómo no lamentarse por la suerte de una mujer que estuvo por encima de su sociedad y de su cultura?

Su imagen es la de una solitaria melancólica que sonríe y calla. El silencio, dice ella misma en alguna parte, está poblado de voces. ¿Y qué nos dice su silencio? Si en la obra de Sor

Juana la sociedad colonial se expresa y afirma, en su silencio esa misma sociedad se condena. La experiencia de Sor Juana, que acaba en silencio y abdicación, completa así el examen del orden colonial. Mundo abierto a la participación y, por lo tanto, orden cultural vivo, sí, pero implacablemente cerrado a toda expresión personal, a toda aventura. Mundo cerrado al futuro. Para ser nosotros mismos, tuvimos que romper con ese orden sin salida, aun a riesgo de quedarnos en la orfandad. El siglo XIX será el siglo de la ruptura y, al mismo tiempo, el de la tentativa por crear nuevos lazos con otra tradición, si más lejana, no menos universal que la que nos ofreció la Iglesia católica: la del racionalismo europeo.

VI

DE LA INDEPENDENCIA A LA REVOLUCIÓN

Las reformas que emprende la dinastía borbónica, en particular Carlos III, sanean la economía y hacen más eficaz el despacho de los negocios, pero acentúan el centralismo administrativo y convierten a Nueva España en una verdadera colonia, esto es, en un territorio sometido a una explotación sistemática y estrechamente sujeto al poder central. El absolutismo de la casa de Austria tenía otro sentido: las colonias eran reinos dueños de cierta autonomía y el Imperio se asemejaba a un sistema solar. Nueva España, sobre todo en los primeros tiempos, giraba en torno a la Corona como un astro menor, mas dueño de luz propia, como las otras posesiones y reinos. Los Borbones transformaron a Nueva España, reino vasallo, en simple territorio ultramarino. No bastaron a reanimar a la sociedad colonial la creación de las Intendencias, el impulso que se otorgó a la investigación científica, el desarrollo del humanismo, la construcción de obras monumentales de servicio público ni, en fin, el buen gobierno de varios Virreyes. La Colonia, como la Metrópoli, era ya sólo forma, cuerpo deshabitado. Desde fines del siglo XVII los lazos que unían a Madrid con sus posesiones habían cesado de ser los armoniosos que unen entre sí a un organismo viviente. El Imperio se sobrevive gracias a la perfección y complejidad de su estructura, a su grandeza física y a la inercia. Gracias también a las querellas que dividen a sus rivales. Y la reforma de Carlos III muestra hasta qué punto la mera acción política es insuficiente, si no está precedida por una transformación de la estructura misma de la sociedad y por un examen de los supuestos que la fundan.

Se repite que el siglo XVIII prepara el movimiento de Independencia. En efecto, la ciencia y la filosofía de la época (a través de la reforma de la escolástica que intentan hombres como Francisco Javier Clavijero o del pensamiento y la acción de otros como Benito Díaz de Gamarra y Antonio Alzate) constituyen los necesarios antecedentes intelectuales del Grito de Dolores. Mas se olvida que la Independencia sobreviene cuando ya nada nos unía a España, excepto la inercia. Esa inercia terrible del agonizante que inmoviliza su mano en un gesto duro, de garra, como para asir un minuto más la vida. Pero la vida lo deserta, con un último y brusco movimiento. Nueva España, en tanto que creación universal, en tanto que orden vivo y no máscara del orden, se extingue cuando deja de alimentarla una fe. Sor Juana, incapaz de resolver en una forma creadora y orgánica el conflicto entre su curiosidad intelectual y los principios religiosos de la época, renuncia y muere, ejemplarmente. Con menos ejemplaridad la sociedad colonial se arrastra por un siglo todavía, defendiéndose con estéril tenacidad.

La Independencia ofrece la misma ambigua figura que la Conquista. La obra de Cortés es precedida por la síntesis política que realizan en España los Reyes Católicos y por la que inician en Mesoamérica los aztecas. La Independencia se presenta también como un fenómeno de doble significado: disgregación del cuerpo muerto del Imperio y nacimiento de una pluralidad de nuevos Estados. Conquista e Independencia parecen ser momentos de flujo y reflujo de una gran ola histórica, que se forma en el siglo xv, se extiende hasta América, alcanza un momento de hermoso equilibrio en los siglos xvi y xvii y finalmente se retira, no sin antes dispersarse en mil fragmentos.

Confirma esta imagen el filósofo José Gaos cuando divide al pensamiento moderno en lengua española en dos porciones: la propiamente peninsular —que consiste en una larga reflexión sobre la decadencia española— y la hispanoamericana —que es, más que una meditación, un alegato en favor de la Independencia y una búsqueda de nuestro destino. El pensamiento español se vuelve sobre el pasado y sobre sí mismo, para investigar las causas de la decadencia o para aislar, entre

tanta muerte, los elementos todavía vivos que den sentido y
actualidad al hecho, extraño entre todos, de ser español. El
hispanoamericano principia como una justificación de la Independencia, pero se transforma casi inmediatamente en un
proyecto: América no es tanto una tradición que continuar
como un futuro que realizar. Proyecto y utopía son inseparables del pensamiento hispanoamericano, desde fines del siglo xviii hasta nuestros días. Elegía y crítica, lo son del peninsular —incluyendo a Unamuno, el poeta elegíaco, y a Ortega y
Gasset, el filósofo crítico.

En los países suramericanos es más perceptible la dualidad
anterior. La personalidad de los dirigentes es más neta y más
radical su oposición a la tradición hispánica. Aristócratas, intelectuales y viajeros cosmopolitas, no solamente conocen las
nuevas ideas, sino que frecuentan a los nuevos hombres y a
las nuevas sociedades. Miranda participa en la Revolución francesa y combate en Valmy. Bello vive en Londres. Los años
de aprendizaje de Bolívar transcurren en esa atmósfera que
prepara a los héroes y a los príncipes: desde niño se le educa
para libertar y para gobernar. Nuestra Revolución de Independencia es menos brillante, menos rica en ideas y frases universales y más determinada por las circunstancias locales. Nuestros caudillos, sacerdotes humildes y oscuros capitanes, no tienen una noción tan clara de su obra. En cambio, poseen un
sentido más profundo de la realidad y escuchan mejor lo que,
a media voz y en cifra, les dice el pueblo.

Estas diferencias influyen en la historia posterior de nuestros países. La Independencia suramericana se inicia con un
gran movimiento continental: San Martín libera medio continente, Bolívar otro medio. Se crean grandes Estados, Confe-
deraciones, anfictionías. Se piensa que la emancipación de España no acarreará la desmembración del mundo hispánico. Al
poco tiempo la realidad hace astillas todos esos proyectos. El
proceso de disgregación del Imperio español se mostró más
fuerte que la clarividencia de Bolívar.

En suma, en el movimiento de Independencia pelean dos

tendencias opuestas: una, de origen europeo, liberal y utópica, que concibe a la América española como un todo unitario, asamblea de naciones libres; otra, tradicional, que rompe lazos con la Metrópoli sólo para acelerar el proceso de dispersión del Imperio.

La Independencia hispanoamericana, como la historia entera de nuestros pueblos, es un hecho ambiguo y de difícil interpretación porque, una vez más, las ideas enmascaran a la realidad en lugar de desnudarla o expresarla. Los grupos y clases que realizan la Independencia en Suramérica pertenecían a la aristocracia feudal nativa; eran los descendientes de los colonos españoles, colocados en situación de inferioridad frente a los peninsulares. La Metrópoli, empeñada en una política proteccionista, por una parte impedía el libre comercio de las colonias y obstruía su desarrollo económico y social por medio de trabas administrativas y políticas; por la otra, cerraba el paso a los "criollos" que con toda justicia deseaban ingresar a los altos empleos y a la dirección del Estado. Así pues, la lucha por la Independencia tendía a liberar a los "criollos" de la momificada burocracia peninsular aunque, en realidad, no se proponía cambiar la estructura social de las colonias. Cierto, los programas y el lenguaje de los caudillos de la Independencia recuerdan al de los revolucionarios de la época. Eran sinceros, sin duda. Aquel lenguaje era "moderno", eco de los revolucionarios franceses y, sobre todo, de las ideas de la Independencia norteamericana. Pero en la América sajona esas ideas expresaban realmente a grupos que se proponían transformar el país conforme a una nueva filosofía política. Y aun más: con esos principios no intentaban cambiar un estado de cosas por otro sino, diferencia radical, crear una nueva nación. En efecto: los Estados Unidos son, en la historia del siglo xix, una novedad mundial, una sociedad que crece y se extiende naturalmente. Entre nosotros, en cambio, una vez consumada la Independencia las clases dirigentes se consolidan como las herederas del viejo orden español. Rompen con España pero se muestran incapaces de crear una sociedad moderna. No podía ser de otro modo, ya que los grupos que encabezaron el movimiento de Independencia no constituían nuevas fuerzas sociales, sino la prolongación del sistema feudal. La novedad de las nuevas naciones hispanoamericanas es engañosa; en verdad se trata de sociedades en decadencia o en forzada inmovilidad, supervivencias y fragmentos de un todo deshecho.

El Imperio español se dividió en una multitud de Repúblicas por obra de las oligarquías nativas, que en todos los casos favorecieron o impulsaron el proceso de desintegración. No debe olvidarse, además, la influencia determinante de muchos de los caudillos revolucionarios. Algunos, más afortunados en esto que los conquistadores, su contrafigura histórica, lograron "alzarse con los reinos", como si se tratase de un botín medieval. La imagen del "dictador hispanoamericano" aparece ya, en embrión, en la del "libertador". Así, las nuevas Repúblicas fueron inventadas por necesidades políticas y militares del momento, no porque expresasen una real peculiaridad histórica. Los "rasgos nacionales" se fueron formando más tarde; en muchos casos, no son sino consecuencia de la prédica nacionalista de los gobiernos. Aún ahora, un siglo y medio después, nadie puede explicar satisfactoriamente en qué consisten las diferencias "nacionales" entre argentinos y uruguayos, peruanos y ecuatorianos, guatemaltecos y mexicanos. Nada tampoco —excepto la persistencia de las oligarquías locales, sostenidas por el imperialismo norteamericano— explica la existencia en Centroamérica y las Antillas de nueve repúblicas.

No es esto todo. Cada una de las nuevas naciones tuvo, al otro día de la Independencia, una constitución más o menos (casi siempre menos que más) liberal y democrática. En Europa y en los Estados Unidos esas leyes correspondían a una realidad histórica: eran la expresión del ascenso de la burguesía, la consecuencia de la revolución industrial y de la destrucción del antiguo régimen. En Hispanoamérica sólo servían para vestir a la moderna las supervivencias del sistema colonial. La ideología liberal y democrática, lejos de expresar nuestra situación histórica concreta, la ocultaba. La mentira política se instaló en nuestros pueblos casi constitucionalmente. El daño moral ha sido incalculable y alcanza a zonas muy profundas de nuestro ser. Nos movemos en la mentira con naturalidad. Durante más de cien años hemos sufrido regímenes de fuerza, al servicio de las oligarquías feudales, pero que utilizan el lenguaje de la libertad. Esta situación se ha prolongado hasta nuestros días. De ahí que la lucha contra la mentira oficial y constitucional sea el primer paso de toda tentativa seria de reforma. Éste parece ser el sentido de los actuales movimientos latinoamericanos, cuyo objetivo común consiste en realizar de una vez por todas la Independencia. O sea: transformar nuestros países en sociedades realmente modernas y no en meras fachadas para demagogos y turistas. En esta lucha nuestros pueblos no sólo se enfrentan a la vieja herencia española (la Iglesia, el ejército y la oligarquía), sino al Dictador, al Jefe con la boca henchida de fórmulas legales y patrióticas, ahora aliado a un poder muy distinto al viejo imperialismo hispano: los grandes intereses del capitalismo extranjero.

Casi todo lo anterior es aplicable a México, con decisivas salvedades. En primer término, nuestra revolución de Independencia jamás manifiesta las pretensiones de universalidad que son, a un tiempo, la videncia y la ceguera de Bolívar. Además, los insurgentes vacilan entre la Independencia (Morelos) y formas modernas de autonomía (Hidalgo). La guerra se inicia como una protesta contra los abusos de la Metrópoli y de la alta burocracia española, sí, pero también y sobre todo contra los grandes latifundistas nativos. No es la rebelión de la aristocracia local contra la Metrópoli, sino la del pueblo contra la primera. De ahí que los revolucionarios hayan concedido mayor importancia a determinadas reformas sociales que a la Independencia misma: Hidalgo decreta la abolición de la esclavitud; Morelos, el reparto de los latifundios. La guerra de Independencia fue una guerra de clases y no se comprenderá bien su carácter si se ignora que, a diferencia de lo ocurrido en Suramérica, fue una revolución agraria en gestación. Por eso el Ejército (en el que servían "criollos" como Iturbide), la Iglesia y los grandes propietarios se aliaron a la Corona española. Esas fuerzas fueron las que derrotaron a Hidalgo, Morelos y Mina. Un poco más tarde, casi extinguido el movimiento insurgente, ocurre lo inesperado: en España los liberales toman el poder, transforman la Monarquía absoluta en constitucional y amenazan los privilegios de la Iglesia y de la aristocracia. Se opera entonces un brusco cambio de frente; ante este nuevo peligro exterior, el alto clero, los grandes terratenientes, la burocracia y los militares criollos buscan la alianza con los restos de los insurgentes y consuman la Independencia. Se trata de un verdadero acto de prestidigitación: la separación política de la Metrópoli se realiza en contra de las clases que habían luchado por la Independencia. El virreinato de Nueva España se transforma en el Imperio mexicano. Iturbide, el antiguo general realista, se convierte en Agustín I. Al poco tiempo, una rebelión lo derriba. Se inicia la era de los pronunciamientos.

Durante más de un cuarto de siglo, en una lucha confusa que no excluye las alianzas transitorias, los cambios de bando y aun las traiciones, los liberales intentan consumar la ruptura con la tradición colonial. En cierto modo son los continuadores de los primeros caudillos, Hidalgo y Morelos. Sin embargo, su crítica al orden de cosas no se dirige tanto a cambiar la realidad como la legislación. Casi todos piensan, con un optimismo heredado de la Enciclopedia, que basta con decretar nuevas leyes para que la realidad se transforme. Ven en los Estados Unidos un modelo y creen que su prosperidad se debe a la excelencia de las instituciones republicanas. De ahí su federalismo, por oposición al centralismo de los conservadores. Todos esperan que una Constitución democrática, al limitar el poder temporal de la Iglesia y acabar con los privilegios de la aristocracia terrateniente, producirá casi automáticamente una nueva clase social: la burguesía. Los liberales no sólo tienen que luchar contra los conservadores, sino que deben contar con los militares, que cambian de bando según sus intereses. Mientras disputan las facciones, el país se desintegra. Los Estados Unidos aprovechan la ocasión y en una de las guerras más injustas en la historia, ya de por sí negra, de la expansión imperialista, nos arrebatan más de la mitad del territorio. Esta derrota produjo, a la larga, una reacción saludable, pues hirió de muerte al caudillismo militar, encarnado en el dictador Santa-Ana. (Alternativamente liberal y conservador, guardián de la libertad y vendedor del país, Santa-Ana es uno de los arquetipos del dictador latinoamericano: al final de su carrera política ordena honras fúnebres para la pierna que pierde en una batalla y se declara Alteza Serenísima.) La rebelión popular expulsa a Santa-Ana y da el poder a los liberales. Una nueva generación, heredera de José María Mora y Valentín Gómez Farías, maestro de la "inteligencia" liberal, se dispone a dar nuevos fundamentos a la nación. La primera piedra será una constitución. En efecto, en 1857, México adopta una carta constitucional liberal. Los conservadores apelan a las armas. Juárez responde con las Leyes de Reforma, que acaban con los "fueros" y destruyen el poder material de la Iglesia. Derrotado, el partido conservador acude al extranjero y, apoyado por las tropas de Napoleón III, instala en la capital a Maximiliano, segundo emperador de México. (Nueva ambigüedad histórica: Maximiliano era liberal y soñaba con crear un Imperio latino que se opusiese al poderío yanqui. Sus ideas no tenían relación alguna con las de los obstinados conservadores que lo sostenían.) Los reveses europeos del Imperio napoleónico, la presión norteamericana (cuyo sentido puede tergiversarse si se olvida que Lincoln estaba en el poder) y, en fin, la encarnizada resistencia popular, causa original y determinante de la victoria, consuman el triunfo republicano. Juárez fusila a Maximiliano, episodio no sin analogías con la ejecución de Luis XVI: la "razón geométrica" es acerada.

La Reforma consuma la Independencia y le otorga su verdadera significación, pues plantea el examen de las bases mismas de la sociedad mexicana y de los supuestos históricos y filosóficos en que se apoyaba. Ese examen concluye en una triple negación: la de la herencia española, la del pasado indígena y la del catolicismo —que conciliaba a las dos primeras en una afirmación superior—. La Constitución de 1857 y las Leyes de la Reforma son la expresión jurídica y política de ese examen y promueven la destrucción de dos instituciones que representaban la continuidad de nuestra triple herencia: las asociaciones religiosas y la propiedad comunal indígena. La separación de la Iglesia y del Estado, la desamortización de los bienes eclesiásticos y la libertad de enseñanza (completada con la disolución de las órdenes religiosas que la monopolizaban), no eran sino el aspecto negativo de la Reforma. Con la misma violencia con que negaba la tradición, la generación de 1857 afirmaba algunos principios. Su obra no consiste nada más en la ruptura con el mundo colonial; es un proyecto tendiente a fundar una nueva sociedad. Es decir, el proyecto histórico de los liberales aspiraba a sustituir la tradición colonial, basada en la doctrina del catolicismo, por una afirmación igualmente universal: la libertad de la persona humana. La nación mexicana se fundaría sobre un principio distinto al jerárquico que animaba a la Colonia: la igualdad ante la ley de todos los mexicanos en tanto que seres humanos, que seres de razón. La Reforma funda a México negando su pasado. Rechaza la tradición y busca justificarse en el futuro.

El sentido de este necesario matricidio no escapaba a la penetración de los mejores. Ignacio Ramírez, quizá la figura más saliente de ese grupo de hombres extraordinarios, termina así uno de sus poemas:

> Madre naturaleza, ya no hay flores
> por do mi paso vacilante avanza;
> nací sin esperanzas ni temores;
> vuelvo a ti sin temores ni esperanza.

Muerto Dios, eje de la sociedad colonial, la naturaleza vuelve a ser una Madre. Como más tarde el marxismo de Diego Rivera, el ateísmo de Ramírez se resuelve en una afirmación materialista, no exenta de religiosidad. Una auténtica concepción científica o simplemente racional de la materia no puede ver en ésta, ni en la naturaleza, una Madre. Ni siquiera la madrastra del pesimista Leopardi, sino un proceso indiferente, que se hace y deshace, se inventa y se repite, sin descanso, sin memoria y sin reflexión.

Si, como quiere Ortega y Gasset, una nación se constituye no solamente por un pasado que pasivamente la determina, sino por la validez de un proyecto histórico capaz de mover las voluntades dispersas y dar unidad y trascendencia al esfuerzo solitario, México nace en la época de la Reforma. En ella y por ella se concibe, se inventa y se proyecta. Ahora bien, la Reforma es el proyecto de un grupo bastante reducido de mexicanos, que voluntariamente se desprende de la gran masa, pasivamente religiosa y tradicional. La nación mexicana es el proyecto de una minoría que impone su esquema al resto de la población, en contra de otra minoría activamente tradicional.

Como el catolicismo colonial, la Reforma es un movimiento inspirado en una filosofía universal. Las diferencias y semejanzas entre ambos son reveladoras. El catolicismo fue impuesto por una minoría de extranjeros, tras una conquista militar; el liberalismo por una minoría nativa, aunque de formación intelectual francesa, después de una guerra civil. El primero es la otra cara de la Conquista; destruida la teocracia indígena, muertos o exiliados los dioses, sin tierra en que apoyarse ni trasmundo al que emigrar, el indio ve en la religión cristiana una Madre. Como todas las madres, es entraña, reposo, regreso a los orígenes; y, asimismo, boca que devora, señora que mutila y castiga: madre terrible. El liberalismo es una crítica del orden antiguo y un proyecto de pacto social. No es una religión, sino una ideología utópica; no consuela, combate; sustituye la noción de más allá por la de un futuro terrestre. Afirma al hombre pero ignora una mitad del hombre: ésa que se expresa en los mitos, la comunión, el festín, el sueño, el erotismo. La Reforma es, ante todo, una negación y en ella reside su grandeza. Pero lo que afirmaba esa negación —los principios del liberalismo europeo— eran ideas de una hermosura precisa, estéril y, a la postre, vacía. La geometría no sustituye a los mitos. Para que el esquema liberal se convirtiese en verdad en un proyecto nacional, necesitaba lograr la adhesión de todo el país a las nuevas formas políticas. Pero la Reforma oponía a una afirmación muy concreta y particular: todos los hombres son hijos de Dios, afirmación que permitía una relación entrañable y verdaderamente filial entre el Cosmos y la criatura, un postulado abstracto: la igualdad de los hombres ante la Ley. La libertad y la igualdad eran, y son, conceptos vacíos, ideas sin más contenido histórico concreto que el que le prestan las relaciones sociales, como ha mostrado Marx. Y ya se sabe en qué se convirtió esa igualdad abstracta y cuál fue el significado real de esa libertad vacía. Por otra parte, al fundar a México sobre una noción general del Hombre y no sobre la situación real de los habitantes de nuestro territorio, se sacrificaba la realidad a las palabras y se entregaba a los hombres de carne a la voracidad de los más fuertes.

CONTRA las previsiones de los más lúcidos, la Revolución liberal no provoca el nacimiento de una burguesía fuerte, en cuya acción todos, hasta Justo Sierra, veían la única esperanza de México. Por el contrario, la venta de los bienes de la Iglesia y la desaparición de la propiedad comunal indígena— que había resistido, precariamente, tres siglos y medio de abusos y acometidas de encomenderos y hacendados— acentúa el carácter feudal de nuestro país. Y esta vez en provecho de un grupo de especuladores, que constituiría la aristocracia del nuevo régimen. Surge así una nueva casta latifundista. La República, sin enemigo al frente, derrotados conservadores e imperialistas, se encuentra de pronto sin base social. Al romper lazos con el pasado, los rompe también con la realidad mexicana. El poder será de quien se atreva a alargar la mano. Y Porfirio Díaz se atreve. Era el más brillante de los generales que la derrota del Imperio había dejado ociosos, por primera vez después de tres cuartos de siglo de batallas y pronunciamientos.

El "soldado del 2 de abril" se convierte en "el héroe de la paz". Suprime la anarquía, pero sacrifica la libertad. Reconcilia a los mexicanos, pero restaura los privilegios. Organiza el país, pero prolonga un feudalismo anacrónico e impío, que nada suavizaba (las Leyes de Indias contenían preceptos que protegían a los indios). Estimula el comercio, construye ferrocarriles, limpia de deudas la Hacienda Pública y crea las primeras industrias modernas, pero abre las puertas al capitalismo angloamericano. En esos años México inicia su vida de país semicolonial.

A pesar de lo que comúnmente se piensa, la dictadura de Porfirio Díaz es el regreso del pasado. En apariencia, Díaz gobierna inspirado por las ideas en boga: cree en el progreso, en la ciencia, en los milagros de la industria y del libre comercio. Sus ideales son los de la burguesía europea. Es el más ilustrado de los dictadores hispanoamericanos y su régimen recuerda a veces los años de la "belle époque" en Francia. Los intelectuales descubren a Comte y Renan, Spencer y Darwin; los poetas imitan a los parnasianos y simbolistas franceses; la aristocracia mexicana es una clase urbana y civilizada. La otra cara de la medalla es muy distinta. Esos grandes señores amantes del progreso y la ciencia no son industriales ni hombres de empresa: son terratenientes enriquecidos por la compra de los bienes de la Iglesia o en los negocios públicos del régimen. En sus haciendas los campesinos viven una vida de siervos, no muy distinta a la del período colonial. Así, desde el punto de vista "ideológico", el porfirismo se ostenta como el sucesor legítimo del liberalismo. La Constitución de 1857 sigue vigente en teoría y nada ni nadie pretende oponer a las ideas de la Reforma principios distintos. Muchos, sin excluir a los antiguos liberales, piensan de buena fe que el régimen de Díaz prepara el tránsito entre el pasado feudal y la sociedad moderna. En realidad, el porfirismo es el heredero del feudalismo colonial: la propiedad de la tierra se concentra en unas cuantas manos y la clase terrateniente se fortalece. Enmascarado, ataviado con los ropajes del progreso, la ciencia y la legalidad republicana, el pasado vuelve, pero ya desprovisto de fecundidad. Nada puede producir, excepto la rebelión.

Debemos a Leopoldo Zea un análisis muy completo de las ideas de este período.[1] Zea observa que la adopción del positivismo como filosofía oficiosa del Estado corresponde a ciertas necesidades intelectuales y morales de la dictadura de Díaz. El pensamiento liberal era un instrumento de crítica al mismo tiempo que una construcción utópica y contenía principios explosivos. Prolongar su vigencia hubiera sido prolongar la anarquía. La época de paz necesitaba una filosofía de orden. Los intelectuales de la época la encontraron en el positivismo de Comte, con su ley de los tres estados y, más tarde, en el de Spencer y en el evolucionismo de Darwin. El primitivo, abstracto y revolucionario principio de la igualdad de todos los hombres deja de regir las conciencias, sustituido por la teoría de la lucha por la vida y la supervivencia del más apto. El positivismo ofrece una nueva justificación de las jerarquías sociales. Pero ya no son la sangre, ni la herencia, ni Dios, quienes explican las desigualdades, sino la Ciencia.

El análisis de Zea es inmejorable, salvo en un punto. Es verdad que el positivismo expresa a la burguesía europea en un momento de su historia. Mas la expresa de una manera natural, orgánica. En México se sirve de esta tendencia una clase relativamente nueva en el sentido de las familias que la componían —casi todos habían logrado la riqueza y el poder durante el período inmediatamente posterior a la guerra de Reforma— pero que históricamente no hace sino heredar y sustituir a la aristocracia feudal de la Colonia. Por lo tanto, si la función de la filosofía positivista es parecida aquí y allá, la relación histórica y humana que se establece entre esa doctrina y la burguesía europea es distinta a la que se constituye en México entre "neofeudales" y positivismo.

El porfirismo adopta la filosofía positivista, no la engendra. Así, se encuentra en una situación de dependencia más grave que la de los liberales y teólogos coloniales, pues ni asume ante

[1] Leopoldo Zea, *El positivismo en México*. México, 1942

ella una posición crítica ni la abraza con entera buena fe. En algunos casos se trata de uno de esos actos que Antonio Caso, siguiendo a Tarde, llamaba de "imitación extralógica": innecesario, superfluo y contrario a la condición del imitador. Entre el sistema y el que lo adopta se abre así un abismo, muy sutil si se quiere, pero que hace imposible toda relación auténtica con las ideas, que se convierten a veces en máscaras. El porfirismo, en efecto, es un período de inautenticidad histórica. Santa-Ana cambia alegremente de disfraces: es el actor que no cree en lo que dice. El porfirismo se esfuerza por creer, se esfuerza por hacer suyas las ideas adoptadas. Simula, en todos los sentidos de la palabra.

La simulación porfirista era particularmente grave, pues al abrazar el positivismo se apropiaba de un sistema que históricamente no le correspondía. La clase latifundista no constituía el equivalente mexicano de la burguesía europea, ni su tarea tenía relación alguna con la de su modelo. Las ideas de Spencer y Stuart Mill reclamaban como clima histórico el desarrollo de la gran industria, la democracia burguesa y el libre ejercicio de la actividad intelectual. Basada en la gran propiedad agrícola, el caciquismo y la ausencia de libertades democráticas, la dictadura de Díaz no podía hacer suyas esas ideas sin negarse a sí misma o sin desfigurarlas. El positivismo se convierte así en una superposición histórica bastante más peligrosa que todas las anteriores, porque estaba fundada en un equívoco. Entre los terratenientes y sus ideas políticas y filosóficas se levantaba un invisible muro de mala fe. El desarraigo del porfirismo procede de este equívoco.

El disfraz positivista no estaba destinado a engañar al pueblo, sino a ocultar la desnudez moral del régimen a sus mismos usufructuarios. Pues esas ideas no justificaban las jerarquías sociales ante los desheredados (a quienes la religión católica reservaba un sitio de elección en el más allá y el liberalismo otorgaba la dignidad de hombres). La nueva filosofía no tenía nada que ofrecer a los pobres; su función consistía en justificar la conciencia —la *mauvaise conscience*— de la burguesía europea. En México el sentimiento de culpabilidad de la burguesía europea se teñía de un matiz particular, por una doble razón histórica: los neofeudales eran al mismo tiempo los herederos del liberalismo y los sucesores de la aristocracia colonial. La herencia intelectual y moral de los principios de la Reforma y el usufructo de los bienes de la Iglesia tenían que producir en el grupo dominante un sentimiento de culpa muy profundo. Su gestión social era el fruto de una usurpación y un equívoco. Pero el positivismo no remediaba ni atenuaba esta vergonzosa condición. Al contrario, la enconaba, puesto que no hundía sus raíces en la conciencia de los que lo adoptaban. Mentira e inautenticidad son así el fondo psicológico del positivismo mexicano.

A su manera, la Dictadura completa la obra de la Reforma. Gracias a la introducción de la filosofía positivista la nación rompe sus últimos vínculos con el pasado. Si la Conquista destruye templos, la Colonia erige otros. La Reforma niega la tradición, mas nos ofrece una imagen universal del hombre. El positivismo no nos dio nada. En cambio, mostró en toda su desnudez a los principios liberales: hermosas palabras inaplicables. El esquema de la Reforma, el gran proyecto histórico mediante el cual México se fundaba a sí mismo como una nación destinada a realizarse en ciertas verdades universales, queda reducido a sueño y utopía. Y sus principios y leyes se convierten en un armazón rígido, que ahoga nuestra espontaneidad y mutila nuestro ser. Al cabo de cien años de luchas el pueblo se encontraba más solo que nunca, empobrecida su vida religiosa, humillada su cultura popular. Habíamos perdido nuestra filiación histórica.

La imagen que nos ofrece México al finalizar el siglo XIX es la de la discordia. Una discordia más profunda que la querella política o la guerra civil, pues consistía en la superposición de formas jurídicas y culturales que no solamente no expresaban a nuestra realidad, sino que la asfixiaban e inmovilizaban. Al amparo de esta discordia medraba una casta que se mostraba incapaz de transformarse en clase, en el sentido estricto de la palabra. Vivíamos una vida envenenada por la mentira y la esterilidad. Cortados los lazos con el pasado, imposible el diálogo con los Estados Unidos —que sólo hablaban con nosotros el lenguaje de la fuerza o el de los negocios—, inútil la relación con los pueblos de lengua española, encerrados en formas muertas, estábamos reducidos a una imitación unilateral de Francia —que siempre nos ignoró—. ¿Qué nos quedaba? Asfixia y soledad.

Si la historia de México es la de un pueblo que busca una forma que lo exprese, la del mexicano es la de un hombre que aspira a la comunión. La fecundidad del catolicismo colonial residía en que era, ante todo y sobre todo, participación. Los liberales nos ofrecieron ideas. Pero no se comulga con las ideas, al menos mientras no encarnan y se hacen sangre, alimento. La comunión es festín y ceremonia. Al finalizar el siglo XIX el mexicano, como la nación entera, se asfixia en un catolicismo yerto o en el universo sin salida y sin esperanza de la filosofía oficiosa del régimen.

Justo Sierra es el primero que comprende el significado de esta situación. A pesar de sus antecedentes liberales y positivistas, es el único mexicano de su época que tiene la preocupación y la angustia de la Historia. La porción más duradera y valiosa de su obra es una meditación sobre la Historia universal y sobre la de México. Su actitud difiere radicalmente de las anteriores. Para liberales, conservadores y positivistas la realidad mexicana carece de significación en sí misma; es algo inerte que sólo adquiere sentido cuando refleja un esquema universal. Sierra concibe a México como una realidad autónoma, viva en el tiempo: la nación es un pasado que avanza, tortuoso, hacia un futuro; y el presente está lleno de signos. En suma, ni la Religión, ni la Ciencia, ni la Utopía nos justifican. Nuestra historia, como la de cualquier otro pueblo, posee un sentido y una dirección. Acaso sin plena conciencia de lo que hacía, Sierra introduce la Filosofía de la Historia como una posible respuesta a nuestra soledad y malestar.

Consecuente con estas ideas, funda la Universidad. En su

discurso de inauguración expresa que el nuevo Instituto "no tiene antecesores ni abuelos... ; el gremio y el claustro de la Real y Pontificia Universidad de México no es para nosotros el antepasado, sino el pasado. Y sin embargo, lo recordamos con cierta involuntaria filialidad; involuntaria, pero no destituida de emoción e interés". Estas palabras muestran hasta qué punto era honda para los liberales y sus herederos la ruptura con la Colonia. Sierra sospechaba la insuficiencia del laicismo liberal y del positivismo, tanto como rechazaba el dogmatismo religioso; pensaba que la ciencia y la razón eran los únicos asideros del hombre y lo único digno de confianza. Pero las concebía como instrumentos. Por lo tanto, deberían servir al hombre y a la Nación; sólo así "la Universidad tendría la potencia suficiente para coordinar las líneas directrices del carácter nacional...".

La verdad, dice en otra parte del mismo discurso, no está hecha, no es una cosa dada, como pensaban los escolásticos medievales o los metafísicos del racionalismo. La verdad se encuentra repartida en las verdades particulares de cada ciencia. Reconstruirla, era una de las tareas de la época. Sin nombrarla, invocaba a la filosofía, ausente de la enseñanza positivista. El positivismo iba a enfrentarse a nuevas doctrinas.

Las palabras del Ministro de Instrucción Pública inauguraban otro capítulo en la historia de las ideas en México. Pero no era él quien iba a escribirlo, sino un grupo de jóvenes: Antonio Caso, José Vasconcelos, Alfonso Reyes y Pedro Henríquez Ureña. Ellos acometen la crítica del positivismo y lo llevan a su final descrédito. Su inquietud intelectual coincide con una búsqueda más dramática: la que hace el país de sí mismo en la lucha civil.

La Revolución mexicana es un hecho que irrumpe en nuestra historia como una verdadera revelación de nuestro ser. Muchos acontecimientos —que comprenden la historia política interna del país, y la historia, más secreta, de nuestro ser nacional— la preparan, pero muy pocas voces, y todas ellas débiles y borrosas, la anticipan. La Revolución tiene antecedentes, causas y motivos; carece, en un sentido profundo, de precursores. La Independencia no es solamente fruto de diversas circunstancias históricas, sino de un movimiento intelectual universal, que en México se inicia en el siglo XVIII. La Reforma es el resultado de la obra y de la ideología de varias generaciones intelectuales, que la preparan, predicen y realizan. Es la obra de la "inteligencia" mexicana. La Revolución se presenta al principio como una exigencia de verdad y limpieza en los métodos democráticos, según puede verse en el Plan de San Luis (5 de octubre de 1910). Lentamente, en plena lucha o ya en el poder, el movimiento se encuentra y define. Y esta ausencia de programa previo le otorga originalidad y autenticidad populares. De ahí provienen su grandeza y sus debilidades.

Entre los precursores de la Revolución se acostumbra a citar un grupo disperso y aislado: Andrés Molina Enríquez, Filomeno Mata, Paulino Martínez, Juan Sarabia, Antonio Villarreal, Ricardo y Enrique Flores Magón.[2] Ninguno de ellos era verdaderamente un intelectual, quiero decir un hombre que se hubiese planteado de un modo cabal la situación de México como un problema y ofreciese un nuevo proyecto histórico. Molina Enríquez tuvo una idea clara del problema agrario, pero no creo que sus observaciones hayan sido aprovechadas por los revolucionarios sino tardíamente, en una época posterior al Plan de Ayala (25 de noviembre de 1911), documento político que condensa las aspiraciones de los zapatistas. La influencia de Flores Magón, uno de los hombres más puros del movimiento obrero mexicano, no se advierte en nuestras leyes obreras. El anarquismo de Flores Magón estaba alejado necesariamente de nuestra Revolución, aunque el movimiento sindical mexicano se inicie influido por las ideas anarco-sindicalistas.

La Independencia y, más acentuadamente, la Reforma, son movimientos que reflejan, prolongan y adaptan ideologías de la época. Silva Herzog dice al respecto: "Nuestra Revolución no tuvo nada en común con la Revolución rusa, ni siquiera en

---

[2] Jesús Silva Herzog, *Meditaciones sobre México*. México, 1946.

la superficie; fue antes que ella. ¿Cómo pudo entonces haberla imitado? En la literatura revolucionaria de México, desde fines del siglo pasado hasta 1917, no se usa la terminología socialista europea; y es que nuestro movimiento social nació del propio suelo, del corazón sangrante del pueblo y se hizo drama doloroso y a la vez creador." [8] La ausencia de precursores ideológicos y la escasez de vínculos con una ideología universal constituyen rasgos característicos de la Revolución y la raíz de muchos conflictos y confusiones posteriores.

Se conocen los antecedentes inmediatos del movimiento. En primer término, la situación política y social del país. La clase media había crecido gracias al impulso adquirido por el comercio y la industria, que si estaban en su mayoría en manos extranjeras, utilizaban un personal nativo. Había surgido una nueva generación, inquieta y que deseaba un cambio. La querella de las generaciones se alía así a la discordia social. El gobierno de Díaz no era nada más un gobierno de privilegiados, sino de viejos que no se resignaban a ceder el poder. La inconformidad de los jóvenes se expresaba por un ansia de ver alguna vez realizados los principios del liberalismo. Los primeros ideales revolucionarios son predominantemente políticos. Se pensaba que el ejercicio de los derechos democráticos haría posible un cambio de métodos y personas.

A la inquietud de la clase media debe agregarse la de la naciente clase obrera. La legislación liberal no preveía ninguna defensa contra los abusos de los poderosos. Campesinos y obreros vivían desamparados frente a caciques, señores feudales e industriales. Pero los campesinos mexicanos poseían una larga tradición de luchas; los obreros no solamente carecían de los más elementales derechos, sino de una experiencia o una teoría en que apoyar sus demandas y justificar su combate. La ausencia de tradiciones propias hacía de la clase obrera la clase desheredada por excelencia. A pesar de esta situación estallaron varias huelgas, reprimidas sin piedad. Y más tarde los obreros decidirían uno de los episodios más importantes de la lucha

[8] *Op. cit.*

civil: sus líderes se alían a Carranza y firman el "Pacto de la Casa del Obrero Mundial y el Movimiento Constitucionalista" (17 de febrero de 1915). A cambio de una legislación obrera, se ligaba el proletariado a una de las facciones en que se dividió el movimiento revolucionario. Desde entonces la clase obrera ha dependido, más o menos estrechamente, de los gobiernos revolucionarios, circunstancia de capital importancia para entender al México de nuestros días, según se verá más adelante.

Otra circunstancia favorable al desarrollo de la Revolución era la situación internacional del gobierno de Díaz. Siguiendo una política preconizada por liberales como Lerdo y por casi todo el partido conservador, Porfirio Díaz quiso limitar la influencia económica norteamericana acudiendo al capitalismo europeo. "Las relaciones internacionales despertaron honda preocupación en las postrimerías del Gobierno de Díaz. El apoyo concedido al capital inglés provocó recelos en el norteamericano. Hubo otras causas de enfriamiento, como la protección que Díaz ofreció al Presidente de Nicaragua, la negativa a conceder una prórroga para que permaneciera la flota de los Estados Unidos en la bahía Magdalena y el fallo favorable a México que dictó un árbitro canadiense en el conflicto de límites conocido con el nombre del Chamizal." [4] Es indudable que los Estados Unidos toleraron en su territorio la acción política de los revolucionarios, pero no es posible reducir la Revolución mexicana, como quieren algunos conservadores, a una conspiración del imperialismo yanqui. La intervención posterior del embajador norteamericano en el golpe de mano contrarrevolucionario que derrocó al presidente Madero prueba hasta dónde debe limitarse la influencia extranjera en el desarrollo de la Revolución.

Si las huelgas y revueltas campesinas minaban la estructura social de la Dictadura y la inquietud política en las ciudades hacía vacilar la confianza de Díaz en el apoyo popular, en la esfera de las ideas dos jóvenes, Antonio Caso y José Vasconcelos,

[4] Silvio Zavala, *Síntesis de la Historia del pueblo mexicano*, en *México en la cultura*. México, 1946.

emprendían la crítica de la filosofía del régimen. Su obra forma parte de la vasta renovación intelectual iniciada por el grupo llamado Ateneo de la Juventud.

Antonio Caso acomete, en 1909, el examen de la filosofía positivista. En el curso de siete conferencias (las tres primeras dedicadas a Comte y sus precursores, las cuatro restantes al "positivismo independiente", Stuart Mill, Spencer y Taine), expone su inconformidad con la doctrina oficial. En su examen utiliza sobre todo la filosofía de la contingencia de Boutroux y algunas ideas de Bergson. Al final de sus conferencias, Caso dio a conocer su filosofía personal. He aquí cómo relata Henríquez Ureña este acto de fe: "Caso, ante la inminente invasión del pragmatismo y tendencias afines, se postula intelectualista... haciendo el elogio de los grandes metafísicos constructores, Platón, Spinoza, Hegel; y a la vez se declara idealista en cuanto al problema del conocimiento... su profesión de fe termina con una cita ('Todo es pensamiento'...) de Henri Poincaré, el sabio pragmatista... La conferencia final de Caso fue un alegato en favor de la especulación filosófica. Entre los muros de la Escuela Preparatoria, la vieja escuela positivista, volvió a oírse la voz de la metafísica que reclama sus derechos inalienables."[5]

Vasconcelos era anti-intelectualista. Filósofo de la intuición, considera que la emoción es la única facultad capaz de aprehender el objeto. El conocimiento es una visión total e instantánea de la realidad. Vasconcelos elabora más tarde una "filosofía de la raza iberoamericana", que continúa una corriente muy importante del pensamiento hispanoamericano. Pero la influencia de este pensador se dejará sentir años más tarde, cuando ocupa la Secretaría de Educación Pública en el Gobierno del nuevo régimen.

La crítica del positivismo fue decisiva en la historia intelectual mexicana y es uno de los antecedentes imprescindibles de la Revolución. Pero es un antecedente negativo. Caso y sus compañeros destruyen la filosofía oficiosa del régimen sin que, por otra parte, sus ideas ofreciesen un nuevo proyecto de reforma

[5] Pedro Henríquez Ureña, *Horas de estudio.* París, 1910.

nacional. Su posición intelectual apenas si tenía relación con las aspiraciones populares y con los quehaceres de la hora. La diferencia con la generación liberal es significativa. Esta circunstancia no dejaría de tener muy graves consecuencias en la historia del México contemporáneo. Desnuda de doctrinas previas, ajenas o propias, la Revolución será una explosión de la realidad y una búsqueda a tientas de la doctrina universal que la justifique y la inserte en la Historia de América y en la del mundo. Mas si el pensamiento de Caso no ejerció influencia en la doctrina de la Revolución, su persistente amor al conocimiento, que lo hizo proseguir sus cátedras cuando las facciones se acribillaban en las calles, lo convirtió en un hermoso ejemplo de lo que significaba la filosofía: un amor que nada compra y nada tuerce.

Tales son, condensados sumariamente, los antecedentes más notorios de la Revolución. Sus causas, más profundas y menos numerosas, se confunden con la vida misma de México.

DISTINGUE a nuestro movimiento la carencia de un sistema ideológico previo y el hambre de tierras. Los campesinos mexicanos hacen la Revolución no solamente para obtener mejores condiciones de vida, sino para recuperar las tierras que en el transcurso de la Colonia y del siglo XIX les habían arrebatado encomenderos y latifundistas.

El "calpulli" era la forma básica de la propiedad territorial antes de la Conquista. Consistía este sistema "en dividir las poblaciones en varios barrios o calpulli, cada uno de ellos con una extensión determinada de tierras, que no pertenecían individualmente a ninguno de los habitantes, sino que estaban concedidas a una familia o tribu... en el concepto de que el que abandonaba el calpulli o dejaba de cultivar las tierras que se le asignaban, perdía el derecho de participar en la propiedad comunal".[6] Las Leyes de Indias protegieron esta institución y son numerosas las disposiciones destinadas a defender la propiedad comunal indígena contra abusos y usurpaciones de toda índole.

[6] Gabino Fraga, *El derecho agrario*, en *México en la Cultura*. México, 1946.

Los preceptos admirables de las Leyes de Indias no fueron siempre respetados y la situación de los campesinos era ya desesperada a fines del siglo XVIII. La actitud de Morelos, uno de los pocos dirigentes mexicanos que tuvó conciencia del problema, revela hasta qué punto el malestar del campo influye en la guerra de la Independencia. La Reforma comete el error fatal de disolver la propiedad comunal indígena, a pesar de que hubo quienes se opusieron, como Ponciano Arriaga. Más tarde, a través de diversas Leyes de Colonización y de Ocupación y Enajenación de Terrenos Baldíos, el régimen de Díaz acaba con los restos de la propiedad campesina y "destruye los caracteres que hasta entonces había tenido el régimen de propiedad en México".[7]

Casi todos los programas y manifiestos de los grupos revolucionarios contienen alusiones a la cuestión agraria. Pero solamente la Revolución del Sur y su jefe, Emiliano Zapata, plantean con claridad, decisión y simplicidad el problema. No es un azar que Zapata, figura que posee la hermosa y plástica poesía de las imágenes populares, haya servido de modelo una y otra vez, a los pintores mexicanos. Con Morelos y Cuauhtémoc es uno de nuestros héroes legendarios. Realismo y mito se alían en esta melancólica, ardiente y esperanzada figura, que murió como había vivido: abrazado a la tierra. Como ella, está hecho de paciencia y fecundidad, de silencio y esperanza, de muerte y resurrección. Su programa contenía pocas ideas, estrictamente las necesarias para hacer saltar las formas económicas y políticas que nos oprimían. Los artículos sexto y séptimo del Plan de Ayala, que prevén la restitución y el reparto de las tierras, implican una transformación de nuestro régimen de propiedad agraria y abren la puerta al México contemporáneo. En suma, el programa de Zapata consistía en la liquidación del feudalismo y en la institución de una legislación que se ajustara a la realidad mexicana.

Toda revolución, dice Ortega y Gasset, es una tentativa por someter la realidad a un proyecto racional. De ahí que el espí-

[7] *Op. cit.*

ritu revolucionario se conciba a sí mismo como una exigencia radical de la razón. Acaso la opinión de Ortega y Gasset sea, por su parte, demasiado radical, pues observo que casi siempre las revoluciones, a pesar de presentarse como una invitación para realizar ciertas ideas en un futuro más o menos próximo, se fundan en la pretensión de restablecer una justicia o un orden antiguos, violados por los opresores. Toda revolución tiende a establecer una edad mítica. La Revolución francesa funda la viabilidad de su programa en la creencia de que bastará reconstituir las condiciones ideales del Contrato Social para que la concordia se realice. El marxismo también acude a la teoría del comunismo primitivo como antecedente del régimen que promete. El "eterno retorno" es uno de los supuestos implícitos de casi toda teoría revolucionaria.

Todo radicalismo, decía Marx, es un humanismo, pues el hombre es la raíz de la razón y de la sociedad. Así, toda revolución pretende crear un mundo en donde el hombre, libre al fin de las trabas del viejo régimen, pueda expresarse de verdad y cumplir su condición humana. El hombre es un ser que sólo se realizará, que sólo será él mismo, en la sociedad revolucionaria. Y esa sociedad funda sus esperanzas en la naturaleza misma del hombre, que no es algo dado y estático, sino que consiste en una serie de posibilidades frustradas por un régimen que lo mutila. ¿Cómo sabemos que el hombre es una posibilidad de ser, malograda por la injusticia? La noción mítica de una "edad de oro" interviene aquí: hubo una vez, en alguna parte del mundo y en algún momento de la Historia, un estado social que permitía al hombre expresarse y realizarse. Esa edad prefigura y profetiza la nueva que el revolucionario se propone crear. Casi siempre la utopía supone la previa existencia, en un pasado remoto, de una "edad de oro" que justifica y hace viable la acción revolucionaria.

La originalidad del Plan de Ayala consiste en que esa "edad de oro" no es una simple creación de la razón, ni una hipótesis. El movimiento agrario mexicano exige la restitución de las tierras a través de un requisito legal: los títulos correspondientes.

Y si prevé el reparto de tierras lo hace para extender los beneficios de una situación tradicional a todos los campesinos y pueblos que no poseen títulos. El movimiento zapatista tiende a rectificar la Historia de México y el sentido mismo de la Nación, que ya no será el proyecto histórico del liberalismo. México no se concibe como un futuro que realizar, sino como un regreso a los orígenes. El radicalismo de la Revolución mexicana consiste en su originalidad, esto es, en volver a nuestra raíz, único fundamento de nuestras instituciones. Al hacer del calpulli el elemento básico de nuestra organización económica y social, el zapatismo no sólo rescataba la parte válida de la tradición colonial, sino que afirmaba que toda construcción política de veras fecunda debería partir de la porción más antigua, estable y duradera de nuestra nación: el pasado indígena.

El tradicionalismo de Zapata muestra la profunda conciencia histórica de este hombre, aislado en su pueblo y en su raza. Su aislamiento, que no le permitió acceder a las ideas que manejaban los periodistas y tinterillos de la época, en busca de generales que asesorar, soledad de la semilla encerrada, le dio fuerzas y hondura para tocar la simple verdad. Pues la verdad de la Revolución era muy simple y consistía en la insurgencia de la realidad mexicana, oprimida por los esquemas del liberalismo tanto como por los abusos de conservadores y neo-conservadores.

El zapatismo fue una vuelta a la más antigua y permanente de nuestras tradiciones. En un sentido profundo niega la obra de la Reforma, pues constituye un regreso a ese mundo del que, de un solo tajo, quisieron desprenderse los liberales. La Revolución se convierte en una tentativa por reintegrarnos a nuestro pasado. O, como diría Leopoldo Zea, por "asimilar nuestra historia", por hacer de ella algo vivo: un pasado hecho ya presente. Contrasta esta voluntad de integración y regreso a las fuentes, con la actitud de los intelectuales de la época que no solamente se mostraron incapaces de adivinar el sentido del movimiento revolucionario, sino que seguían especulando con ideas que no tenían más función que la de máscaras.

La incapacidad de la "inteligencia" mexicana para formular

en un sistema coherente las confusas aspiraciones populares se hizo patente apenas la Revolución dejó de ser un hecho instintivo y se convirtió en un régimen. El zapatismo y el villismo —las dos facciones gemelas, la cara Sur y la cara Norte— eran explosiones populares con escaso poder para integrar sus verdades, más sentidas que pensadas, en un plan orgánico. Eran un punto de partida, un signo oscuro y balbuceante de la voluntad revolucionaria. La facción triunfante —el carrancismo— tendía, por una parte, a superar las limitaciones de sus dos enemigos; por la otra, a negar la espontaneidad popular, única fuente de salud revolucionaria, restaurando el cesarismo. Toda revolución desemboca en la adoración a los jefes; Carranza, el Primer Jefe, el primero de los Césares revolucionarios, profetiza el "culto a la personalidad", eufemismo con que se designa la moderna idolatría política. (Ese culto, continuado por Obregón y Calles, aún rige nuestra vida política, aunque limitado por la prohibición de reelegir a los presidentes y otros funcionarios.) Al mismo tiempo, los revolucionarios que rodeaban a Carranza —especialmente Luis Cabrera, uno de los hombres más lúcidos del período revolucionario— se esfuerzan por articular y dar coherencia a las instintivas reivindicaciones populares. En ese momento se hizo patente la insuficiencia ideológica de la Revolución. El resultado fue un compromiso: la Constitución de 1917. Era imposible volver al mundo precortesiano; imposible, asimismo, regresar a la tradición colonial. La Revolución no tuvo más remedio que hacer suyo el programa de los liberales, aunque con ciertas modificaciones. La adopción del esquema liberal no fue sino consecuencia de la falta de ideas de los revolucionarios. Las que la "inteligencia" mexicana ofrecía eran inservibles. La realidad las hizo astillas antes siquiera de que la historia las pusiese a prueba.

La permanencia del programa liberal, con su división clásica de poderes —inexistentes en México—, su federalismo teórico y su ceguera ante nuestra realidad, abrió nuevamente la puerta a la mentira y la inautenticidad. No es extraño, por lo tanto, que buena parte de nuestras ideas políticas sigan siendo palabras destinadas a ocultar y oprimir nuestro verdadero ser. Por otra parte, la influencia del imperialismo frustró en parte la posibilidad de desarrollo de una burguesía nativa, que sí hubiera hecho viable el esquema liberal. La restauración de la propiedad comunal entrañaba la liquidación del feudalismo y debería haber determinado el acceso al poder de la burguesía. Nuestra evolución hubiese seguido así los mismos pasos que la de Europa. Pero nuestra marcha es excéntrica. El imperialismo no nos dejó acceder a la "normalidad histórica" y las clases dirigentes de México no tienen más misión que colaborar, como administradoras o asociadas, con un poder extraño. Y en esta situación de ambigüedad histórica reside el peligro de un neoporfirismo. Banqueros e intermediarios pueden apoderarse del Estado. Su función no sería diversa a la de los latifundistas porfirianos; como ellos, serían herederos de un movimiento revolucionario: gobernarían al país con la máscara de la Revolución, como Díaz lo hizo con la del liberalismo. Sólo que en esta ocasión sería difícil echar mano de una filosofía que cumpla la función del positivismo. Ya no hay "ideas hechas" en nuestro mundo.

Si se contempla la Revolución mexicana desde las ideas esbozadas en este ensayo, se advierte que consiste en un movimiento tendiente a reconquistar nuestro pasado, asimilarlo y hacerlo vivo en el presente. Y esta voluntad de regreso, fruto de la soledad y de la desesperación, es una de las fases de esa dialéctica de soledad y comunión, de reunión y separación que parece presidir toda nuestra vida histórica. Gracias a la Revolución el mexicano quiere reconciliarse con su Historia y con su origen. De ahí que nuestro movimiento tenga un carácter al mismo tiempo desesperado y redentor. Si estas palabras, gastadas por tantos labios, guardan aún algún significado para nosotros, quieren decir que el pueblo se rehusa a toda ayuda exterior, a todo esquema propuesto desde afuera y sin relación profunda con su ser, y se vuelve sobre sí mismo. La desesperación, el rehusarse a ser salvado por un proyecto ajeno a su historia, es un movimiento del ser que se desprende de todo consuelo y se adentra en su propia intimidad: está solo. Y en ese mismo instante, esa soledad se resuelve en tentativa de comunión. Nuevamente desesperación y soledad, redención y comunión, son términos equivalentes.

Es notable cómo, a través de una búsqueda muy lenta y pródiga en confusiones, la Revolución cristaliza. No es un esquema que un grupo impone a la realidad sino que ésta, como querían los románticos alemanes, se manifiesta y empieza a adquirir forma en varios sitios, encarnando en grupos antagónicos y en horas diversas. Y sólo hasta ahora es posible ver que forman parte de un mismo proceso figuras tan opuestas como Emiliano Zapata y Venustiano Carranza, Luis Cabrera y José Vasconcelos, Francisco Villa y Álvaro Obregón, Francisco I. Madero y Lázaro Cárdenas, Felipe Ángeles y Antonio Díaz Soto y Gama. Si se compara a los protagonistas de la Reforma con los de la Revolución se advierte, amén de la claridad de ideas de los primeros y de la confusión de los segundos, que la eminencia de los liberales no los redime de cierta sequedad, que los ha hecho figuras respetables, pero oficiales, héroes de Oficina Pública, en tanto que la brutalidad y zafiedad de muchos de los caudillos revolucionarios no les ha impedido convertirse en mitos populares. Villa cabalga todavía en el norte, en canciones y corridos; Zapata muere en cada feria popular; Madero se asoma a los balcones agitando la bandera nacional; Carranza y Obregón viajan aún en aquellos trenes revolucionarios, en un ir y venir por todo el país, alborotando los gallineros femeninos y arrancando a los jóvenes de la casa paterna. Todos los siguen: ¿a dónde? Nadie lo sabe. Es la Revolución, la palabra mágica, la palabra que va a cambiarlo todo y que nos va a dar una alegría inmensa y una muerte rápida. Por la Revolución el pueblo mexicano se adentra en sí mismo, en su pasado y en su sustancia, para extraer de su intimidad, de su entraña, su filiación. De ahí su fertilidad, que contrasta con la pobreza de nuestro siglo XIX. Pues la fertilidad cultural y artística de la Revolución depende de la profundidad con que sus héroes, sus mitos y sus bandidos marcaron para siempre la sensibilidad y la imaginación de todos los mexicanos.

La Revolución es una súbita inmersión de México en su propio ser. De su fondo y entraña extrae, casi a ciegas, los fundamentos del nuevo Estado. Vuelta a la tradición, re-anudación de los lazos con el pasado, rotos por la Reforma y la Dictadura, la Revolución es una búsqueda de nosotros mismos y un regreso a la madre. Y, por eso, también es una fiesta: la fiesta de las balas, para emplear la expresión de Martín Luis Guzmán. Como las fiestas populares, la Revolución es un exceso y un gasto, un llegar a los extremos, un estallido de alegría y desamparo, un grito de orfandad y de júbilo, de suicidio y de vida, todo mezclado. Nuestra Revolución es la otra cara de México, ignorada por la Reforma y humillada por la Dictadura. No la cara de la cortesía, el disimulo, la forma lograda a fuerza de mutilaciones y mentiras, sino el rostro brutal y resplandeciente de la fiesta y la muerte, del mitote y el balazo, de la feria y el amor, que es rapto y tiroteo. La Revolución apenas si tiene ideas. Es un estallido de la realidad: una revuelta y una comunión, un trasegar viejas sustancias dormidas, un salir al aire muchas ferocidades, muchas ternuras y muchas finuras ocultas por el miedo a ser. ¿Y con quién comulga México en esta sangrienta fiesta? Consigo mismo, con su propio ser. México se atreve a ser. La explosión revolucionaria es una portentosa fiesta en la que el mexicano, borracho de sí mismo, conoce al fin, en abrazo mortal, al otro mexicano.

VII

LA "INTELIGENCIA" MEXICANA

INCURRIRÍA en una grosera simplificación quien afirmase que la cultura mexicana es un reflejo de los cambios históricos operados por el movimiento revolucionario. Más exacto será decir que esos cambios, tanto como la cultura mexicana, expresan de alguna manera las tentativas y tendencias, a veces contradictorias, de la nación —esto es, de esa parte de México que ha asumido la responsabilidad y el goce de la mexicanidad—. En este sentido sí se puede decir que la historia de nuestra cultura no es muy diversa a la de nuestro pueblo, aunque esta relación no sea siempre estricta. Y no es estricta ni fatal porque muchas veces la cultura se adelanta a la historia y la profetiza. O deja de expresarla y la traiciona, según se observa en ciertos momentos de la dictadura de Díaz. Por otra parte, la poesía, en virtud de su misma naturaleza y de la naturaleza de su instrumento, las palabras, tiende siempre a la abolición de la historia, no porque la desdeñe sino porque la trasciende. Reducir la poesía a sus significados históricos sería tanto como reducir las palabras del poeta a sus connotaciones lógicas o gramaticales. La poesía se escapa de historia y lenguaje aunque ambos sean su necesario alimento. Lo mismo puede decirse, con las naturales salvedades, de la pintura, la música, la novela, el teatro y el resto de las artes. Pero las páginas que siguen no tienen por tema las obras de creación sino que se limitan a describir ciertas actitudes de la "inteligencia" mexicana, es decir, de ese sector que ha hecho del pensamiento crítico su actividad vital.[1] Su obra, por lo demás, no está tanto en libros y escritos como en su influencia pública y en su acción política.

[1] El lector podrá encontrar la posición del autor ante el arte mexicano, en particular sobre la poesía y la pintura, en el libro *Las peras del olmo*, México, 1956.

Si la Revolución fue una brusca y mortal inmersión en nosotros mismos, en nuestra raíz y origen, nada ni nadie encarna mejor este fértil y desesperado afán que José Vasconcelos, el fundador de la educación moderna en México. Su obra, breve pero fecunda, aún está viva en lo esencial. Su empresa, al mismo tiempo que prolonga la tarea iniciada por Justo Sierra —extender la educación elemental y perfeccionar la enseñanza superior y universitaria— pretende fundar la educación sobre ciertos principios implícitos en nuestra tradición y que el positivismo había olvidado o ignorado. Vasconcelos pensaba que la Revolución iba a redescubrir el sentido de nuestra historia, buscado vanamente por Sierra. La nueva educación se fundaría en "la sangre, la lengua y el pueblo".

El movimiento educativo poseía un carácter orgánico. No es la obra aislada de un hombre extraordinario —aunque Vasconcelos lo sea, y en varias medidas—. Fruto de la Revolución, se nutre de ella; y al realizarse, realiza lo mejor y más secreto del movimiento revolucionario. En la tarea colaboraron poetas, pintores, prosistas, maestros, arquitectos, músicos. Toda, o casi toda, la "inteligencia" mexicana. Fue una obra social, pero que exigía la presencia de un espíritu capaz de encenderse y de encender a los demás. Filósofo y hombre de acción, Vasconcelos poseía esa unidad de visión que imprime coherencia a los proyectos dispersos, y que si a veces olvida los detalles también impide perderse en ellos. Su obra —sujeta a numerosas, necesarias y no siempre felices correcciones— no fue la del técnico, sino la del fundador.

Vasconcelos concibe la enseñanza como viva participación. Por una parte se fundan escuelas, se editan silabarios y clásicos, se crean institutos y se envían misiones culturales a los rincones más apartados; por la otra, la "inteligencia" se inclina hacia el pueblo, lo descubre y lo convierte en su elemento superior. Emergen las artes populares, olvidadas durante siglos; en las escuelas y en los salones vuelven a cantarse las viejas canciones; se bailan las danzas regionales, con sus movimientos puros y tímidos, hechos de vuelo y estatismo, de reserva y fuego. Nace la pintura mexicana contemporánea. Una parte de nuestra literatura vuelve los ojos hacia el pasado colonial; otra hacia el indígena. Los más valientes se encaran al presente: surge la novela de la Revolución. México, perdido en la simulación de la dictadura, de pronto es descubierto por ojos atónitos y enamorados: "Hijos pródigos de una patria que ni siquiera sabemos definir, empezamos a observarla. Castellana y morisca, rayado de azteca."

Miembro de la generación del Ateneo, partícipe de la batalla contra el positivismo, Vasconcelos sabía que toda educación entraña una imagen del mundo y reclama un programa de vida. De ahí sus esfuerzos para fundar la escuela mexicana en algo más concreto que el texto del artículo tercero constitucional, que preveía la enseñanza laica. El laicismo nunca había sido neutral. Su pretendida indiferencia ante las cuestiones últimas era un artificio que a nadie engañaba. Y Vasconcelos, que no era católico ni jacobino, tampoco era neutral. Así, quiso fundar nuestra enseñanza sobre la tradición, del mismo modo que la Revolución se empeñaba en crear una nueva economía en torno al ejido. Fundar la escuela sobre la tradición significaba formular explícitamente los impulsos revolucionarios que hasta ese momento se expresaban como instinto y balbuceo. Nuestra tradición, si de verdad estaba viva y no era una forma yerta, iba a redescubrirnos una tradición universal, en la que la nuestra se insertaba, prolongaba y justificaba.

Toda vuelta a la tradición lleva a reconocer que somos parte de la tradición universal de España, la única que podemos aceptar y continuar los hispanoamericanos. Hay dos Españas: la cerrada al mundo, y la España abierta, la heterodoxa, que rompe su cárcel por respirar el aire libre del espíritu. Esta última es la nuestra. La otra, la castiza y medieval, ni nos dio el ser ni nos descubrió, y toda nuestra historia, como parte de la de los españoles, ha sido lucha contra ella. Ahora bien, la tradición universal de España en América consiste, sobre todo, en concebir el continente como una unidad superior, según se ha visto. Por lo tanto, volver a la tradición española no tiene otro sentido que volver a la unidad de Hispanoamérica. La filosofía de la raza cósmica (esto es, del nuevo hombre americano que disolverá todas las oposiciones raciales y el gran conflicto entre Oriente y Occidente) no era sino la natural consecuencia y el fruto extremo del universalismo español, hijo del Renacimiento. Las ideas de Vasconcelos no tenían parentesco con el casticismo y tradicionalismo de los conservadores mexicanos, pues para él, como para los fundadores de América, el continente se presentaba como futuro y novedad: "la América española es lo nuevo por excelencia, novedad no sólo de territorio, también de alma". El tradicionalismo de Vasconcelos no se apoyaba en el pasado: se justificaba en el futuro.

La filosofía iberoamericana de Vasconcelos constituía la primer tentativa para resolver un conflicto latente desde que se inició la Revolución. Estallido del instinto, ansia de comunión, revelación de nuestro ser, el movimiento revolucionario fue búsqueda y hallazgo de nuestra filiación, rota por el liberalismo. Mas esa tradición redescubierta no bastaba para alimentar nuestra voracidad de país vuelto a nacer, porque no contenía elementos universales que nos sirviesen para construir una nueva sociedad, ya que era imposible volver al catolicismo o al liberalismo, las dos grandes corrientes universales que habían modelado nuestra cultura. Al mismo tiempo, la Revolución no podía justificarse a sí misma porque apenas si tenía ideas. No quedaban, pues, sino la autofagia o la invención de un nuevo sistema. Vasconcelos resuelve la cuestión al ofrecer su filosofía de la raza iberoamericana. El lema del positivismo, "Amor, Orden y Progreso", fue sustituido por el orgulloso "Por mi Raza Hablará el Espíritu".

Por desgracia, la filosofía de Vasconcelos es ante todo una obra personal, al contrario de lo que acontecía con liberales y positivistas, que continuaban vastas corrientes ideológicas. La obra de Vasconcelos posee la coherencia poética de los grandes sistemas filosóficos, pero no su rigor; es un monumento aislado, que no ha originado una escuela ni un movimiento. Y como ha dicho Malraux, "los mitos no acuden a la complicidad de nuestra razón, sino a la de nuestros instintos". No es difícil encontrar en el sistema vasconceliano fragmentos todavía vivos, porciones fecundas, iluminaciones, anticipos, pero no el fundamento de nuestro ser, ni el de nuestra cultura.

Durante la época en que dirige al país Lázaro Cárdenas, la Revolución tiende a realizarse con mayor amplitud y profundidad. Las reformas planeadas por los regímenes anteriores al fin se llevan a cabo. La obra de Cárdenas consuma la de Zapata y Carranza. La necesidad de dar al pueblo algo más que el laicismo liberal, produce la reforma del artículo tercero de la Constitución: "La educación que imparta el Estado será socialista... combatirá el fanatismo y los prejuicios, creando en la juventud un concepto racional y exacto del Universo y de la vida social." Para los mismos marxistas el texto del nuevo artículo tercero era defectuoso: ¿cómo implantar una educación socialista en un país cuya Constitución consagraba la propiedad privada y en donde la clase obrera no poseía la dirección de los negocios públicos? Arma de lucha, la educación socialista creó muchas enemistades inútiles al régimen y suscitó las fáciles críticas de los conservadores. Asimismo, se mostró impotente para superar las carencias de la Revolución mexicana. Si las revoluciones no se hacen con palabras, las ideas no se implantan con decretos. La filosofía implícita en el texto del artículo tercero no invitaba a la participación creadora, ni fundaba las bases de la nación, como lo había hecho en su momento el catolicismo colonial. La educación socialista era una trampa en la que sólo cayeron sus inventores, con regocijo de todos los reaccionarios. El conflicto entre la universalidad de nuestra tradición y la imposibilidad de volver a las formas en que se había expresado ese universalismo no podía ser resuelta con la adopción de una filosofía que no era, ni podía ser, la del Estado mexicano.

El mismo conflicto desgarra las formas políticas y económicas creadas por la Revolución. En todos los aspectos de la vida mexicana se encuentra, al mismo tiempo que una conciencia muy viva de la autenticidad y originalidad de nuestra Revolución, un afán de totalidad y coherencia que ésta no nos ofrece. El calpulli era una institución económica, social, política y religiosa que floreció naturalmente en el centro de la vida precortesiana. Durante el período colonial logra convivir con otras formas de propiedad gracias a la naturaleza del mundo fundado por los españoles, orden universal que admitía diversas concepciones de la propiedad, tanto como cobijaba una pluralidad de razas, castas y clases. Pero ¿cómo integrar la propiedad comunal de la tierra en el seno de una sociedad que inicia su etapa capitalista y que de pronto se ve lanzada al mundo de las contiendas imperialistas? El problema era el mismo que se planteaba a escritores y artistas: encontrar una solución orgánica, total, que no sacrificara las particularidades de nuestro ser a la universalidad del sistema, como había ocurrido con el liberalismo, y que tampoco redujera nuestra participación a la actitud pasiva, estática del creyente o del imitador. Por primera vez al mexicano se le plantean vida e historia como algo que hay que inventar de pies a cabeza. En la imposibilidad de hacerlo, nuestra cultura y nuestra política social han vacilado entre diversos extremos. Incapaces de realizar una síntesis, hemos terminado por aceptar una serie de compromisos, tanto en la esfera de la educación como en la de los problemas sociales. Estos compromisos nos han permitido defender lo ya conquistado, pero sería peligroso considerarlos definitivos. El texto actual del artículo tercero refleja esta situación. La enmienda constitucional ha sido benéfica pero, por encima de cualquier consideración técnica, siguen sin contestar ciertas preguntas: ¿cuál es el sentido de la tradición mexicana y cuál es su valor actual? ¿cuál es el programa de vida que ofrecen nuestras escuelas a los jóvenes? Las respuestas a estas preguntas no pueden ser la obra de un hombre. Si no las hemos contestado es porque la historia misma no ha resuelto ese conflicto.

UNA VEZ cerrado el período militar de la Revolución, muchos jóvenes intelectuales —que no habían tenido la edad o la posibilidad de participar en la lucha armada— empezaron a cola-

borar con los gobiernos revolucionarios. El intelectual se convirtió en el consejero, secreto o público, del general analfabeto,
del líder campesino o sindical, del caudillo en el poder. La tarea
era inmensa y había que improvisarlo todo. Los poetas estu-
diaron economía, los juristas sociología, los novelistas derecho
internacional, pedagogía o agronomía. Con la excepción de los
pintores —a los que se protegió de la mejor manera posible:
entregándoles los muros públicos— el resto de la "inteligencia"
fue utilizada para fines concretos e inmediatos; proyectos de
leyes, planes de gobierno, misiones confidenciales, tareas edu-
cativas, fundación de escuelas y bancos de refacción agraria, etc.
La diplomacia, el comercio exterior, la administración pública
abrieron sus puertas a una "inteligencia" que venía de la clase
media. Pronto surgió un grupo numeroso de técnicos y expertos, gracias a las nuevas escuelas profesionales y a los viajes de
estudio al extranjero. Su participación en la gestión gubernamental ha hecho posible la continuidad de la obra iniciada por
los primeros revolucionarios. Ellos han defendido, en multitud
de ocasiones, la herencia revolucionaria. Pero nada más difícil
que su situación. Preocupados por no ceder sus posiciones
—desde las materiales hasta las ideológicas— han hecho del
compromiso un arte y una forma de vida. Su obra ha sido, en
muchos aspectos, admirable; al mismo tiempo, han perdido
independencia y su crítica resulta diluida, a fuerza de prudencia
o de maquiavelismo. La "inteligencia" mexicana, en su conjunto, no ha podido o no ha sabido utilizar las armas propias del
intelectual: la crítica, el examen, el juicio. El resultado ha sido
que el espíritu cortesano —producto natural, por lo visto, de
toda revolución que se transforma en gobierno— ha invadido
casi toda la esfera de la actividad pública. Además, como ocurre siempre con toda burocracia, se ha extendido la moral cerrada de secta y el culto mágico al "secreto de Estado". No se
discuten los asuntos públicos: se cuchichean. No debe olvidarse,
sin embargo, que en muchos casos la colaboración se ha pagado
con verdaderos sacrificios. El demonio de la eficacia —y no
el de la ambición—, el deseo de servir y de cumplir con una

tarea colectiva, y hasta cierto sentido ascético de la moral ciudadana, entendida como negación del yo, muy propio del intelectual, ha llevado a algunos a la pérdida más dolorosa: la de la obra personal. Este drama no se plantea siquiera para el intelectual europeo. Ahora bien, en Europa y los Estados Unidos el intelectual ha sido desplazado del poder, vive en exilio y su influencia se ejerce fuera del ámbito del Estado. Su misión principal es la crítica; en México, la acción política. El mundo de la política es, por naturaleza, el de los valores relativos: el único valor absoluto es la eficacia. La "inteligencia" mexicana no sólo ha servido al país: lo ha defendido. Ha sido honrada y eficaz, pero ¿no ha dejado de ser "inteligencia", es decir, no ha renunciado a ser la conciencia crítica de su pueblo?

Las oscilaciones de la Revolución, la presión internacional que no dejó de hacerse sentir apenas se iniciaron las reformas sociales, la demagogia que pronto se convirtió en una enfermedad permanente de nuestro sistema político, la corrupción de los dirigentes, que crecía a medida que era más notoria la imposibilidad de realizarnos en formas democráticas a la manera liberal, produjeron escepticismo en el pueblo y desconfianza entre los intelectuales. La "inteligencia" mexicana, unida en una empresa común, también tiene sus heterodoxos y solitarios, sus críticos y sus doctrinarios. Algunos han cesado de colaborar y han fundado grupos y partidos de oposición, como Manuel Gómez Morín, ayer autor de las leyes hacendarias revolucionarias y hoy jefe de Acción Nacional, el partido de la derecha. Otros, como Jesús Silva Herzog, han mostrado que la eficacia técnica no está reñida con la independencia espiritual; su revista *Cuadernos Americanos* ha agrupado a todos los escritores independientes de Hispanoamérica. Vicente Lombardo Toledano, Narciso Bassols y otros se convirtieron al marxismo, única filosofía que les parecía conciliar las particularidades de la historia de México con la universalidad de la Revolución. La obra de estos hombres debe juzgarse sobre todo en el campo de la política social. Por desgracia, desde hace muchos años su actividad se ha viciado por la docilidad con que

han seguido, aun en sus peores momentos, la línea política
estalinista.

Al mismo tiempo que una parte de la "inteligencia" se inclinaba hacia el marxismo —casi siempre en su forma oficial y
burocrática—, buscando así romper su soledad al insertarse en
el movimiento obrero mundial, otros hombres iniciaban una
tarea de revisión y crítica. La Revolución mexicana había descubierto el rostro de México. Samuel Ramos interroga esos
rasgos, arranca máscaras e inicia un examen de mexicano. Se
dice que *El perfil del hombre y la cultura en México,* primera tentativa seria por conocernos, padece diversas limitaciones: el mexicano que describen sus páginas es un tipo aislado
y los instrumentos de que el filósofo se vale para penetrar la realidad —la teoría del resentimiento, más como ha sido expuesta
por Adler que por Scheler— reducen acaso la significación de
sus conclusiones. Pero ese libro continúa siendo el único punto
de partida que tenemos para conocernos. No sólo la mayor
parte de sus observaciones son todavía válidas, sino que la idea
central que lo inspira sigue siendo verdadera: el mexicano es
un ser que cuando se expresa se oculta; sus palabras y gestos
son casi siempre máscaras. Utilizando un método distinto al
empleado en ese estudio, Ramos nos ha dado una descripción
muy penetrante de ese conjunto de actitudes que hacen de cada
uno de nosotros un ser cerrado e inaccesible.

Mientras Samuel Ramos descubre el sentido de algunos de
nuestros gestos más característicos —exploración que habría
que completar con un psicoanálisis de nuestros mitos y creencias y un examen de nuestra vida erótica— Jorge Cuesta se
preocupa por indagar el sentido de nuestra tradición. Sus ideas,
dispersas en artículos de crítica estética y política, poseen coherencia y unidad a pesar de que su autor jamás tuvo ocasión de
reunirlas en un libro. Lo mismo si trata del clasicismo de la
poesía mexicana que de la influencia de Francia en nuestra
cultura, de la pintura mural que de la poesía de López Velarde,
Cuesta cuida de reiterar este pensamiento: México es un país
que se ha hecho a sí mismo y que, por lo tanto, carece de pasado.

Mejor dicho, México se ha hecho contra su pasado, contra dos localismos, dos inercias y dos casticismos: el indio y el español. La verdadera tradición de México no continúa sino niega la colonial pues es una libre elección de ciertos valores universales: los del racionalismo francés. Nuestro "francesismo" no es accidental, ni es fruto de una mera circunstancia histórica. En la cultura francesa, que también es libre elección, el mexicano se descubre como vocación universal. Los modelos de nuestra poesía, como los que inspiran nuestros sistemas políticos, son universales e indiferentes a tiempo, espacio y color local: implican una idea del hombre y tienden a realizarla sacrificando nuestras particularidades nacionales. Constituyen un Rigor y una Forma. Así, nuestra poesía no es romántica o nacional sino cuando desfallece o se traiciona. Otro tanto ocurre con el resto de nuestras formas artísticas y políticas.

Cuesta desdeña el examen histórico. Ve en la tradición española nada más inercia, conformismo y pasividad porque ignora la otra cara de esa tradición. Omite analizar la influencia de la tradición indígena, también. Y nuestra preferencia por la cultura francesa ¿no es más bien hija de diversas circunstancias, tanto de la Historia Universal como de la mexicana, que de una supuesta afinidad? Influido por Julián Benda, Cuesta olvida que la cultura francesa se alimenta de la historia de Francia y que es inseparable de la realidad que la sustenta.

A pesar de las limitaciones de su posición intelectual, más visibles ahora que cuando su autor las formuló a través de esporádicas publicaciones periodísticas, debemos a Cuesta varias observaciones valiosas. México, en efecto, se define a sí mismo como negación de su pasado. Su error, como el de liberales y positivistas, consistió en pensar que esa negación entrañaba forzosamente la adopción del radicalismo y del clasicismo franceses en política, arte y poesía. La historia misma refuta su hipótesis: el movimiento revolucionario, la poesía contemporánea, la pintura y, en fin, el crecimiento mismo del país, tienden a imponer nuestras particularidades y a romper la geometría intelectual que nos propone Francia. El radicalismo mexicano, como se ha procurado mostrar en este ensayo, tiene otro sentido.

Más allá de las diferencias que los separan, se advierte cierto parentesco entre Ramos y Cuesta. Ambos, en dirección contraria, reflejan nuestra voluntad de conocernos. El primero representa esa tendencia hacia nuestra propia intimidad que encarnó la Revolución mexicana; el segundo, la necesidad de insertar nuestras particularidades en una tradición universal.

Otro solitario es Daniel Cosío Villegas. Economista e historiador, fue el fundador del Fondo de Cultura Económica, empresa editorial no lucrativa que tuvo por primer objetivo —y de ahí su nombre— proporcionar a los hispanoamericanos los textos fundamentales de la ciencia económica, de Smith y los fisiócratas a Keynes, pasando por Marx. Gracias a Cosío y sus sucesores, el Fondo se transformó en una editorial de obras de filosofía, sociología e historia que han renovado la vida intelectual de los países de habla española. Debemos a Cosío Villegas el examen más serio y completo del régimen porfirista. Pero quizá lo mejor y más estimulante de su actividad intelectual es el espíritu que anima a su crítica, la desenvoltura de sus opiniones, la independencia de su juicio. Su mejor libro, para mí, es *Extremos de América,* examen nada piadoso de nuestra realidad, hecho con ironía, valor y una admirable impertinencia.

Cárdenas abrió las puertas a los vencidos de la guerra de España. Entre ellos venían escritores, poetas, profesores. A ellos se debe en parte el renacimiento de la cultura mexicana, sobre todo en el campo de la filosofía. Un español al que los mexicanos debemos gratitud es José Gaos, el maestro de la joven "inteligencia". La nueva generación está en aptitud de manejar los instrumentos que toda empresa intelectual requiere. Por primera vez desde la época de la Independencia la "inteligencia" mexicana no necesita formarse fuera de las aulas. Los nuevos maestros no ofrecen a los jóvenes una filosofía, sino los medios y las posibilidades para crearla. Tal es, precisamente, la misión del maestro.

Un nuevo elemento de estímulo es la presencia de Alfonso

Reyes. Su obra, que ahora podemos empezar a contemplar en sus verdaderas dimensiones, es una invitación al rigor y a la coherencia. El clasicismo de Reyes, equidistante del academismo de Ramírez y del romanticismo de Sierra, no parte de las formas ya hechas. En lugar de ser mera imitación o adaptación de formas universales, es un clasicismo que se busca y se modela a sí mismo, espejo y fuente, simultáneamente, en los que el hombre se reconoce, sí, pero también se sobrepasa.

Reyes es un hombre para quien la literatura es algo más que una vocación o un destino: una religión. Escritor cabal para quien el lenguaje es todo lo que puede ser el lenguaje: sonido y signo, trazo inanimado y magia, organismo de relojería y ser vivo. Poeta, crítico y ensayista, es el Literato: el minero, el artífice, el peón, el jardinero, el amante y el sacerdote de las palabras. Su obra es historia y poesía, reflexión y creación. Si Reyes es un grupo de escritores, su obra es una Literatura. ¿Lección de forma? No, lección de expresión. En un mundo de retóricos elocuentes o de reconcentrados silenciosos, Reyes nos advierte de los peligros y de las responsabilidades del lenguaje. Se le acusa de no habernos dado una filosofía o una orientación. Aparte de que quienes lo acusan olvidan buena parte de sus escritos, destinados a esclarecer muchas situaciones que la historia de América nos plantea, me parece que la importancia de Reyes reside sobre todo en que leerlo es una lección de claridad y transparencia. Al enseñarnos a decir, nos enseña a pensar. De ahí la importancia de sus reflexiones sobre la inteligencia americana y sobre las responsabilidades del intelectual y del escritor de nuestro tiempo.

El primer deber del escritor, nos dice, estriba en su fidelidad al lenguaje. El escritor es un hombre que no tiene más instrumento que las palabras. A diferencia de los útiles del artesano, del pintor y del músico, las palabras están henchidas de significaciones ambiguas y hasta contrarias. Usarlas quiere decir esclarecerlas, purificarlas, hacerlas de verdad instrumentos de nuestro pensar y no máscaras o aproximaciones. Escribir implica una profesión de fe y una actitud que trasciende al retórico y al gramático; las raíces de las palabras se confunden con las de la moral: la crítica del lenguaje es una crítica histórica y moral. Todo estilo es algo más que una manera de hablar: es una manera de pensar y, por lo tanto, un juicio implícito o explícito sobre la realidad que nos circunda. Entre el lenguaje, ser por naturaleza social, y el escritor, que sólo engendra en la soledad, se establece así una relación muy extraña: gracias al escritor el lenguaje amorfo, horizontal, se yergue e individualiza; gracias al lenguaje, el escritor moderno, rotas las otras vías de comunicación con su pueblo y su tiempo, participa en la vida de la Ciudad.

De la obra de Alfonso Reyes se puede extraer no solamente una Crítica sino una Filosofía y una Ética del lenguaje. Por tal razón no es un azar que, al mismo tiempo que defiende la transparencia del vocablo y la universalidad de su significado, predique una misión. Pues aparte de esa radical fidelidad al lenguaje que define a todo escritor, el mexicano tiene algunos deberes específicos. El primero de todos consiste en expresar lo nuestro. O para emplear las palabras de Reyes "buscar el alma nacional". Tarea ardua y extrema, pues usamos un lenguaje hecho y que no hemos creado para revelar a una sociedad balbuciente y a un hombre enmarañado. No tenemos más remedio que usar de un idioma que ha sufrido ya las experiencias de Góngora y Quevedo, de Cervantes y San Juan, para expresar a un hombre que no acaba de ser y que no se conoce a sí mismo. Escribir, equivale a deshacer el español y a recrearlo para que se vuelva mexicano, sin dejar de ser español. Nuestra fidelidad al lenguaje, en suma, implica fidelidad a nuestro pueblo y fidelidad a una tradición que no es nuestra totalmente sino por un acto de violencia intelectual. En la escritura de Reyes viven los dos términos de este extremoso deber. Por eso, en sus mejores momentos, su obra consiste en la invención de un lenguaje y de una forma universales y capaces de contener, sin ahogarlos y sin desgarrarse, todos nuestros inexpresados conflictos.

Reyes se enfrenta al lenguaje como problema artístico y

ético. Su obra no es un modelo o una lección, sino un estímulo. Por eso nuestra actitud ante el lenguaje no puede ser diversa a la de nuestros predecesores: también a nosotros, y más radicalmente que a ellos, puesto que tenemos menos ilusiones en unas ideas que la cultura occidental soñó eternas, la vida y la historia de nuestro pueblo se nos presentan como una voluntad que se empeña en crear la Forma que la exprese y que, sin traicionarla, la trascienda. Soledad y Comunión, Mexicanidad y Universalidad, siguen siendo los extremos que devoran al mexicano. Los términos de este conflicto habitan no sólo nuestra intimidad y coloran con un matiz especial, alternativamente sombrío y brillante, nuestra conducta privada y nuestras relaciones con los demás, sino que yacen en el fondo de todas nuestras tentativas políticas, artísticas y sociales. La vida del mexicano es un continuo desgarrarse entre ambos extremos, cuando no es un inestable y penoso equilibrio.

TODA LA HISTORIA de México, desde la Conquista hasta la Revolución, puede verse como una búsqueda de nosotros mismos, deformados o enmascarados por instituciones extrañas, y de una Forma que nos exprese. Las sociedades precortesianas lograron creaciones muy ricas y diversas, según se ve por lo poco que dejaron en pie los españoles, y por las revelaciones que cada día nos entregan los arqueólogos y antropólogos. La Conquista destruye esas formas y superpone la española. En la cultura española laten dos direcciones, conciliadas pero no fundidas enteramente por el Estado español: la tradición medieval, castiza, viva en España hasta nuestros días, y una tradición universal, que España se apropia y hace suya antes de la Contrarreforma. Por obra del catolicismo, España logra en la esfera del arte una síntesis afortunada de ambos elementos. Otro tanto puede decirse de algunas instituciones y nociones de Derecho político, que intervienen decisivamente en la constitución de la sociedad colonial y en el estatuto otorgado a los indios y a sus comunidades. Debido al carácter universal de la religión católica, que era, aunque lo olviden con frecuencia fieles y adversarios, una religión para todos y especialmente para los desheredados y los huérfanos, la sociedad colonial logra convertirse por un momento en un orden. Forma y sustancia pactan. Entre la realidad y las instituciones, el pueblo y el poder, el arte y la vida, el individuo y la sociedad, no hay un muro o una fosa sino que todo se corresponde y unos mismos conceptos y una misma voluntad rigen los ánimos. El hombre, por más humilde que sea su condición, no está solo. Ni tampoco lo está la sociedad. Mundo y trasmundo, vida y muerte, acción y contemplación, son experiencias totales y no actos o conceptos aislados. Cada fragmento participa de la totalidad y ésta vive en cada una de las partes. El orden precortesiano fue reemplazado por una Forma universal, abierta a la participación y a la comunión de todos los fieles.

La parálisis de la sociedad colonial y su final petrificación en una máscara piadosa o feroz, parece ser hija de una circunstancia que pocas veces ha sido examinada: la decadencia del catolicismo europeo, en tanto que manantial de la cultura occidental, coincidió con su expansión y apogeo en Nueva España. La vida religiosa, fuente de creación en otra época, se reduce para los más a inerte participación. Y para los menos, oscilantes entre la curiosidad y la fe, a tentativas incompletas, juegos de ingenio y, al final, silencio y sopor. O para decirlo en otros términos: el catolicismo se ofrece a la inmensa masa indígena como un refugio. La orfandad que provoca la ruptura de la Conquista se resuelve en un regresar a las oscuras entrañas maternas. La religiosidad colonial es una vuelta a la vida prenatal, pasiva, neutra y satisfecha.[2] La minoría, que intenta salir al aire fresco del mundo, se ahoga, enmudece o retrocede.

La Independencia, la Reforma y la Dictadura son distintas, contradictorias fases de una misma voluntad de desarraigo. El siglo XIX debe verse como ruptura total con la Forma. Y simultáneamente, el movimiento liberal se manifiesta como una ten-

2 Véase Jorge Carrión, "La ruta psicológica de Quetzalcóatl", en *Cuadernos Americanos*, número 5, septiembre-octubre de 1949. México.

tativa utópica, que provoca la venganza de la realidad. El esquema liberal se convierte en la simulación del positivismo. Nuestra historia independiente, desde que empezamos a tener conciencia de nosotros mismos, noción de patria y de ser nacional, es ruptura y búsqueda. Ruptura con la tradición, con la Forma. Y búsqueda de una nueva Forma, capaz de contener todas nuestras particularidades y abierta al porvenir. Ni el catolicismo, cerrado al futuro, ni el liberalismo, que sustituía al mexicano concreto por una abstracción inánime, podían ser esa Forma buscada, expresión de nuestros quereres particulares y de nuestros anhelos universales.

La Revolución fue un descubrimiento de nosotros mismos y un regreso a los orígenes, primero; luego una búsqueda y una tentativa de síntesis, abortada varias veces; incapaz de asimilar nuestra tradición, y ofrecernos un nuevo proyecto salvador, finalmente fue un compromiso. Ni la Revolución ha sido capaz de articular toda su salvadora explosión en una visión del mundo, ni la "inteligencia" mexicana ha resuelto ese conflicto entre la insuficiencia de nuestra tradición y nuestra exigencia de universalidad.

Esta recapitulación conduce a plantear el problema de una filosofía mexicana, suscitado recientemente por Ramos y Zea. Los conflictos examinados en el curso de este ensayo habían permanecido hasta hace poco ocultos, recubiertos por formas e ideas extrañas, que si habían servido para justificarnos, también nos impidieron manifestarnos y manifestar la índole de nuestra querella interior. Nuestra situación era semejante a la del neurótico, para quien los principios morales y las ideas abstractas no tienen más función práctica que la defensa de su intimidad, complicado sistema con el que se engaña, y engaña a los demás, acerca del verdadero significado de sus inclinaciones y la índole de sus conflictos. Pero en el momento en que éstos aparecen a plena luz y tal cual son, el enfermo debe afrontarlos y resolverlos por sí mismo. Algo parecido nos ocurre. De pronto nos hemos encontrado desnudos, frente a una realidad también desnuda. Nada nos justifica ya y sólo nosotros podemos dar respuesta a las preguntas que nos hace la realidad. La reflexión filosófica se vuelve así una tarea salvadora y urgente, pues no tendrá nada más por objeto examinar nuestro pasado intelectual, ni describir nuestras actitudes características, sino que deberá ofrecernos una solución concreta, algo que dé sentido a nuestra presencia en la tierra.

¿Cómo puede ser mexicana una reflexión filosófica de esta índole? En tanto que examen de nuestra tradición será una filosofía de la historia de México y una historia de las ideas mexicanas. Pero nuestra historia no es sino un fragmento de la Historia universal. Quiero decir: siempre, excepto en el momento de la Revolución, hemos vivido nuestra historia como un episodio de la del mundo entero. Nuestras ideas, asimismo, nunca han sido nuestras del todo, sino herencia o conquista de las engendradas por Europa. Una filosofía de la historia de México no sería, pues, sino una reflexión sobre las actitudes que hemos asumido frente a los temas que nos ha propuesto la Historia universal: contrarreforma, racionalismo, positivismo, socialismo. En suma, la meditación histórica nos llevaría a responder esta pregunta: ¿cómo han vivido los mexicanos las ideas universales?

La pregunta anterior entraña una idea acerca del carácter distintivo de la mexicanidad, segundo de los temas de esa proyectada filosofía mexicana. Los mexicanos no hemos creado una Forma que nos exprese. Por lo tanto, la mexicanidad no se puede identificar con ninguna forma o tendencia histórica concreta: es una oscilación entre varios proyectos universales, sucesivamente trasplantados o impuestos y todos hoy inservibles. La mexicanidad, así, es una manera de no ser nosotros mismos, una reiterada manera de ser y vivir otra cosa. En suma, a veces una máscara y otras una súbita determinación por buscarnos, un repentino abrirnos el pecho para encontrar nuestra voz más secreta. Una filosofía mexicana tendrá que afrontar la ambigüedad de nuestra tradición y de nuestra voluntad misma de ser, que si exige una plena originalidad nacional no se satisface con algo que no implique una solución universal.

Varios escritores se han impuesto la tarea de examinar nuestro pasado intelectual. Destacan en este campo los estudios de Leopoldo Zea y Edmundo O'Gorman. El problema que preocupa a O'Gorman es el de saber qué clase de ser histórico es lo que llamamos América. No es una región geográfica, no es tampoco un pasado y, acaso, ni siquiera un presente. Es una idea, una invención del espíritu europeo. América es una utopía, es decir, es el momento en que el espíritu europeo se universaliza, se desprende de sus particularidades históricas y se concibe a sí mismo como una idea universal que, casi milagrosamente, encarna y se afinca en una tierra y un tiempo preciso: el porvenir. En América la cultura europea se concibe como unidad superior. O'Gorman acierta cuando ve a nuestro continente como la actualización del espíritu europeo, pero ¿qué ocurre con América como ser histórico autónomo al enfrentarse a la realidad europea? Esta pregunta parece ser el tema esencial de Leopoldo Zea. Historiador del pensamiento hispanoamericano —y, asimismo, crítico independiente aun en el campo de la política diaria— Zea afirma que, hasta hace poco, América fue el monólogo de Europa, una de las formas históricas en que encarnó su pensamiento; hoy ese monólogo tiende a convertirse en diálogo. Un diálogo que no es puramente intelectual sino social, político y vital. Zea ha estudiado la enajenación americana, el no ser nosotros mismos y el ser pensados por otros. Esta enajenación —más que nuestras particularidades— constituye nuestra manera propia de ser. Pero se trata de una situación universal, compartida por todos los hombres. Tener conciencia de esto es empezar a tener conciencia de nosotros mismos. En efecto, hemos vivido en la periferia de la historia. Hoy el centro, el núcleo de la sociedad mundial, se ha disgregado y todos nos hemos convertido en seres periféricos, hasta los europeos y los norteamericanos. Todos estamos al margen porque ya no hay centro.

Otros escritores jóvenes se ocupan en desentrañar el sentido de nuestras actitudes vitales. Una gran avidez por conocernos, con rigor y sin complacencias, es el mérito mayor de muchos de estos trabajos. Sin embargo, la mayor parte de los componentes de este grupo —especialmente Emilio Uranga, su principal inspirador— ha comprendido que el tema del mexicano sólo es una parte de una larga reflexión sobre algo más vasto: la enajenación histórica de los pueblos dependientes y, en general, del hombre.

Toda reflexión filosófica debe poseer autenticidad, esto es, debe ser un pensar a la intemperie un problema concreto. Sólo así el objeto de la reflexión puede convertirse en un tema universal. Nuestro tiempo parece propicio a una empresa de este rango. Por primera vez, México no tiene a su disposición un conjunto de ideas universales que justifiquen nuestra situación. Europa, ese almacén de ideas hechas, vive ahora como nosotros: al día. En un sentido estricto, el mundo moderno no tiene ya ideas. Por tal razón el mexicano se sitúa ante su realidad como todos los hombres modernos: a solas. En esta desnudez encontrará su verdadera universalidad, que ayer fue mera adaptación del pensamiento europeo. La autenticidad de la reflexión hará que la mexicanidad de esa filosofía resida sólo en el acento, el énfasis o el estilo del filósofo, pero no en el contenido de su pensamiento. La mexicanidad será una máscara que, al caer, dejará ver al fin al hombre. Las circunstancias actuales de México transforman así el proyecto de una filosofía mexicana en la necesidad de pensar por nosotros mismos unos problemas que ya no son exclusivamente nuestros, sino de todos los hombres. Esto es, la filosofía mexicana, si de veras lo es, será simple y llanamente filosofía, a secas.

La conclusión anterior puede corroborarse si se examina históricamente el problema. La Revolución mexicana puso en entredicho nuestra tradición intelectual. El movimiento revolucionario mostró que todas las ideas y concepciones que nos habían justificado en el pasado estaban muertas o mutilaban nuestro ser. La Historia universal, por otra parte, se nos ha echado encima y nos ha planteado directamente muchos problemas y cuestiones que antes nuestros padres vivían de reflejo. Pese a nuestras singularidades nacionales —superposición de tiempos históricos, ambigüedad de nuestra tradición, semicolonialismo, etc.—, la situación de México no es ya distinta a la de los otros países. Acaso por primera vez en la historia la crisis de nuestra cultura es la crisis misma de la especie. La melancólica reflexión de Valéry ante los cementerios de las civilizaciones desaparecidas nos deja ahora indiferentes, porque no es la cultura occidental la que mañana puede hundirse, como antes ocurrió con griegos y árabes, con aztecas y egipcios, sino el hombre. La antigua pluralidad de culturas, que postulaban diversos y contrarios ideales del hombre y ofrecían diversos y contrarios futuros, ha sido sustituida por la presencia de una sola civilización y un solo futuro. Hasta hace poco, la Historia fue una reflexión sobre las varias y opuestas verdades que cada cultura proponía y una verificación de la radical heterogeneidad de cada sociedad y de cada arquetipo. Ahora la Historia ha recobrado su unidad y vuelve a ser lo que fue en su origen: una meditación sobre el hombre. La pluralidad de culturas que el historicismo moderno rescata, se resuelve en una síntesis: la de nuestro momento. Todas las civilizaciones desembocan en la occidental, que ha asimilado o aplastado a sus rivales. Y todas las particularidades tienen que responder a las preguntas que nos hace la Historia: las mismas para todos. El hombre ha reconquistado su unidad. Las decisiones de los mexicanos afectan ya a todos los hombres y a la inversa. Las diferencias que separan a comunistas de "occidentales" son bastante menos profundas que las que dividían a persas y griegos, a romanos y egipcios, a chinos y europeos. Comunistas y demócratas burgueses esgrimen ideas antagónicas pero que brotan de una fuente común y disputan en un lenguaje universal, comprensible para ambos bandos. La crisis contemporánea no se presenta, según dicen los conservadores, como la lucha entre dos culturas diversas, sino como una escisión en el seno de nuestra civilización. Una civilización que ya no tiene rivales y que confunde su futuro con el del mundo. El destino de cada hombre no es ya diverso al del Hombre. Por lo tanto, toda tentativa por resolver nuestros conflictos desde la

realidad mexicana deberá poseer validez universal o estará condenada de antemano a la esterilidad.

La Revolución mexicana nos hizo salir de nosotros mismos
y nos puso frente a la Historia, planteándonos la necesidad de
inventar nuestro futuro y nuestras instituciones. La Revolución
mexicana ha muerto sin resolver nuestras contradicciones. Después de la segunda Guerra Mundial, nos damos cuenta que esa
creación de nosotros mismos que la realidad nos exige no es
diversa a la que una realidad semejante reclama a los otros.
Vivimos, como el resto del planeta, una coyuntura decisiva y
mortal, huérfanos de pasado y con un futuro por inventar. La
Historia universal es ya tarea común. Y nuestro laberinto, el de
todos los hombres.

VIII

NUESTROS DÍAS

Búsqueda y momentáneo hallazgo de nosotros mismos, el movimiento revolucionario transformó a México, lo hizo "otro". Ser uno mismo es, siempre, llegar a ser ese otro que somos y que llevamos escondido en nuestro interior, más que nada como promesa o posibilidad de ser. Así, en cierto sentido la Revolución ha recreado a la nación; en otro, no menos importante, la ha extendido a razas y clases que ni la Colonia ni el siglo xix pudieron incorporar. Pero, a pesar de su fecundidad extraordinaria, no fue capaz de crear un orden vital que fuese, a un tiempo, visión del mundo y fundamento de una sociedad realmente justa y libre. La Revolución no ha hecho de nuestro país una comunidad o, siquiera, una esperanza de comunidad: un mundo en el que los hombres se reconozcan en los hombres y en donde el "principio de autoridad" —esto es: la fuerza, cualquiera que sea su origen y justificación— ceda el sitio a la libertad responsable. Cierto, ninguna de las sociedades conocidas ha alcanzado un estado semejante. No es accidental, por otra parte, que no nos haya dado una visión del hombre comparable a la del catolicismo colonial o el liberalismo del siglo pasado. La Revolución es un fenómeno nuestro, sí, pero muchas de sus limitaciones dependen de circunstancias ligadas a la historia mundial contemporánea.

La Revolución mexicana es la primera, cronológicamente, de las grandes revoluciones del siglo xx. Para comprenderla cabalmente es necesario verla como parte de un proceso general y que aún no termina. Como todas las revoluciones modernas, la nuestra se propuso, en primer término, liquidar el régimen feudal, transformar el país mediante la industria y la técnica, suprimir nuestra situación de dependencia económica y política y, en fin, instaurar una verdadera democracia social. En otras palabras: dar el salto que soñaron los liberales más lúcidos, consumar efectivamente la Independencia y la Reforma, hacer de México una nación moderna. Y todo esto sin traicionarnos. Por el contrario, los cambios nos revelarían nuestro verdadero ser, un rostro a un tiempo conocido e ignorado, un rostro nuevo a fuerza de sepultada antigüedad. La Revolución iba a inventar un México fiel a sí mismo.

Los países "adelantados", con la excepción de Alemania, pasaron del antiguo régimen al de las modernas democracias burguesas de una manera que podríamos llamar natural. Las transformaciones políticas, económicas y técnicas se sucedieron y entrelazaron como inspiradas por una coherencia superior. La historia poseía una lógica; descubrir el secreto de su funcionamiento equivalía a apoderarse del futuro. Esta creencia, bastante vana, aún nos hace ver la historia de las grandes naciones como el desarrollo de una inmensa y majestuosa proposición lógica. En efecto, el capitalismo pasó gradualmente de las formas primitivas de acumulación a otras cada vez más complejas, hasta desembocar en la época del capital financiero y el imperialismo mundial. El tránsito del capitalismo primitivo al internacional produjo cambios radicales, tanto en la situación interior de cada país como en la esfera mundial. Por una parte, al cabo de siglo y medio de explotación de los pueblos coloniales y semicoloniales, las diferencias entre un obrero y su patrón fueron menos grandes que las existentes entre ese mismo obrero y un paria hindú o un peón boliviano. Por la otra, la expansión imperialista unificó al planeta: captó todas las riquezas, aun las más escondidas, y las arrojó al torrente de la circulación mundial, convertidas en mercancías; universalizó el trabajo humano (la tarea de un pizcador de algodón la continúa, a miles de kilómetros, un obrero textil) realizando por primera vez, efectivamente y no como postulado moral, la unidad de la condición humana; destruyó las culturas y civilizaciones extrañas e hizo girar a todos los pueblos alrededor de dos o tres astros, fuentes del poder político, económico y espiritual. Al mismo tiempo, los pueblos así anexados partici paron sólo de una manera pasiva en el proceso: en lo económico eran meros productores de materias primas y de mano de obra barata; en lo político, eran colonias y semicolonias; en lo espiritual, sociedades bárbaras o pintorescas. Para los pueblos de la periferia, el "progreso" significaba, y significa, no sólo gozar de ciertos bienes materiales sino, sobre todo, acceder a la "normalidad" histórica: ser, al fin, "entes de razón". Tal es el trasfondo de la Revolución mexicana y, en general, de las revoluciones del siglo xx.

Puede verse ahora con mayor claridad en qué consistió la empresa revolucionaria: consumar, a corto plazo y con un mínimo de sacrificios humanos, una obra que la burguesía europea había llevado a cabo en más de ciento cincuenta años. Para lograrlo, deberíamos previamente asegurar nuestra independencia política y recuperar nuestros recursos naturales. Además, todo esto debería realizarse sin menoscabo de los derechos sociales, en particular los obreros, consagrados por la Constitución de 1917. En Europa y en los Estados Unidos estas conquistas fueron el resultado de más de un siglo de luchas proletarias y, en buena parte, representaban (y representan) una participación en las ganancias obtenidas por las metrópolis en el exterior. Entre nosotros no sólo no había ganancias coloniales que repartir: ni siquiera eran nuestros el petróleo, los minerales, la energía eléctrica y las otras fuerzas con que deberíamos transformar al país. Así pues, no se trataba de empezar desde el principio sino desde antes del principio.

La Revolución hizo del nuevo Estado el principal agente de la transformación social. En primer lugar: la devolución y el reparto de tierras, la apertura al cultivo de otras, las obras de irrigación, las escuelas rurales, los bancos de refacción para los campesinos. Los expertos se extienden en los errores técnicos cometidos; los moralistas, en la intervención maléfica del cacique tradicional y del político rapaz. Es verdad. También lo es que, bajo formas nuevas, subsiste el peligro de un retorno al monopolio de las tierras. Lo conquistado hay que defenderlo todavía. Pero el régimen feudal ha desaparecido. Olvidar esto

es olvidar demasiado. Y hay más: la reforma agraria no sólo
benefició a los campesinos sino que, al romper la antigua estructura social, hizo posible el nacimiento de nuevas fuerzas
productivas. Ahora bien, a pesar de todo lo logrado —y ha sido
mucho— miles de campesinos viven en condiciones de gran miseria y otros miles no tienen más remedio que emigrar a los
Estados Unidos, cada año, como trabajadores temporales. El
crecimiento demográfico, circunstancia que no fue tomada en
cuenta por los primeros gobiernos revolucionarios, explica parcialmente el actual desequilibrio. Aunque parezca increíble, la
mayor parte del país padece de sobrepoblación campesina. O
más exactamente: carecemos de tierras cultivables. Hay, además,
otros dos factores decisivos: ni la apertura de nuevas tierras al
cultivo ha sido suficiente, ni las nuevas industrias y centros de
producción han crecido con la rapidez necesaria para absorber
a toda esa masa de población sobrante, condenada así al subempleo. En suma, con nuestros recursos actuales no podemos
crear, en la proporción indispensable, las industrias y las empresas agrícolas que podrían dar ocupación al excedente de brazos
y bocas. Es claro que no sólo se trata de un crecimiento demográfico excesivo sino de un progreso económico insuficiente.
Pero también es claro que nos enfrentamos a una situación que
rebasa las posibilidades reales del Estado y, aun, las de la nación
en su conjunto. ¿Cómo y dónde obtener esos recursos económicos y técnicos? Esta pregunta, a la que se intentará contestar
más adelante, no debe hacerse aisladamente sino considerando
el problema del desarrollo económico en su totalidad. La industria no crece con la velocidad que requiere el aumento de
población y produce así el subempleo; por su parte, el subempleo
campesino retarda el desarrollo de la industria, ya que no aumenta el número de consumidores.

La Revolución también se propuso, según se dijo, la recu-
peración de las riquezas nacionales. Los gobiernos revolucionarios, en particular el de Cárdenas, decretaron la nacionalización del petróleo, los ferrocarriles y otras industrias. Esta
política nos enfrentó al imperialismo. El Estado, sin renunciar

a lo reconquistado, tuvo que ceder y suspender las expropiaciones. (Debe agregarse, de paso, que sin la nacionalización del petróleo hubiera sido imposible el desarrollo industrial.) La Revolución no se limitó a expropiar: por medio de una red de bancos e instituciones de crédito creó nuevas industrias estatales, subvencionó otras (privadas o semiprivadas) y, en general, intentó orientar en forma racional y de provecho público el desarrollo económico. Todo esto —y muchas otras cosas más— fue realizado lentamente y no sin tropiezos, errores e inmoralidades. Pero, así sea con dificultad y desgarrado por terribles contradicciones, el rostro de México empezó a cambiar. Poco a poco surgió un nueva clase obrera y una burguesía. Ambas vivieron a la sombra del Estado y sólo hasta ahora comienzan a cobrar vida autónoma.

La tutela gubernamental de la clase obrera se inició como una alianza popular: los obreros apoyaron a Carranza a cambio de una política social más avanzada. Por la misma razón sostuvieron a Obregón y Calles. Por su parte, el Estado protegió a las organizaciones sindicales. Pero la alianza se convirtió en sumisión y los gobiernos premiaron a los dirigentes con altos puestos públicos. El proceso se acentuó y consumó, aunque parezca extraño, en la época de Cárdenas, el período más extremista de la Revolución. Y fueron precisamente los dirigentes que habían luchado contra la corrupción sindical los que entregaron las organizaciones obreras. Se dirá que la política de Cárdenas era revolucionaria: nada más natural que los sindicatos la apoyasen. Pero, empujados por sus líderes, los sindicatos formaron parte, como un sector más, del Partido de la Revolución, esto es, del partido gubernamental. Se frustró así la posibilidad de un partido obrero o, al menos, de un movimiento sindical a la norteamericana, apolítico, sí, pero autónomo y libre de toda ingerencia oficial. Los únicos que ganaron fueron los líderes, que se convirtieron en profesionales de la política: diputados, senadores, gobernadores. En los últimos años asistimos, sin embargo, a un cambio: con creciente energía las agrupaciones obreras recobran su autonomía, desplazan a los dirigentes corrompidos y luchan por instaurar una democracia sindical. Este movimiento puede ser una de las fuerzas decisivas en el renacimiento de la vida democrática. Al mismo tiempo, dadas las características sociales de nuestro país, la acción obrera, si se quiere eficaz, debe evitar el sectarismo de algunos de los nuevos dirigentes y buscar la alianza con los campesinos y con un nuevo sector, hijo también de la Revolución: la clase media. Hasta hace poco la clase media era un grupo pequeño, constituido por pequeños comerciantes y las tradicionales "profesiones liberales" (abogados, médicos, profesores, etc.). El desarrollo industrial y comercial y el crecimiento de la Administración Pública han creado una numerosa clase media, cruda e ignorante desde el punto de vista cultural y político pero llena de vitalidad.

Más dueña de sí, más poderosa también, la burguesía no sólo ha logrado su independencia sino que trata de incrustarse en el Estado, no ya como protegida sino como directora única. El banquero sucede al general revolucionario; el industrial aspira a desplazar al técnico y al político. Estos grupos tienden a convertir al Gobierno, cada vez con mayor exclusividad, en la expresión política de sus intereses. Pero la burguesía no forma un todo homogéneo: unos, herederos de la Revolución mexicana (aunque a veces lo ignoren), están empeñados en crear un capitalismo nacional; otros, son simples intermediarios y agentes del capital financiero internacional. Finalmente, según se ha dicho, dentro del Estado hay muchos técnicos que a través de avances y retrocesos, audacias y concesiones, continúan una política de interés nacional, congruente con el pasado revolucionario. Todo esto explica la marcha sinuosa del Estado y su deseo de "no romper el equilibrio". Desde la época de Carranza, la Revolución mexicana ha sido un compromiso entre fuerzas opuestas: nacionalismo e imperialismo, obrerismo y desarrollo industrial, economía dirigida y régimen de "libre empresa", democracia y paternalismo estatal.

Nada de lo logrado hubiese sido posible dentro del marco del capitalismo clásico. Y aún más: sin la Revolución y sus go-

biernos ni siquiera tendríamos capitalistas mexicanos. En realidad, el capitalismo nacional no sólo es consecuencia natural
de la Revolución sino que, en buena parte, es hijo, criatura del
Estado revolucionario. Sin el reparto de tierras, las grandes
obras materiales, las empresas estatales y las de "participación
estatal", la política de inversiones públicas, los subsidios directos
o indirectos a la industria y, en general, sin la intervención
del Estado en la vida económica, nuestros banqueros y "hombres
de negocios" no habrían tenido ocasión de ejercer su actividad
o formarían parte del "personal nativo" de alguna compañía
extranjera. En un país que inicia su desarrollo económico con
más de dos siglos de retraso era indispensable acelerar el crecimiento "natural" de las fuerzas productivas. Esta "acelera-
ción" se llama: intervención del Estado, dirección —así sea
parcial— de la economía. Gracias a esta política nuestra evolución es una de las más rápidas y constantes en América. No
se trata de bonanzas momentáneas o de progresos en un sector
aislado —como el petróleo en Venezuela o el azúcar en Cuba—
sino de un desarrollo más amplio y general. Quizá el síntoma
más significativo sea la tendencia a crear una "economía diversi-
ficada" y una industria "integrada", es decir, especializada en
nuestros recursos.

Dicho lo anterior, debe agregarse que aún no hemos logrado,
ni con mucho, todo lo que era necesario e indispensable. No
tenemos una industria básica, aunque contamos con una naciente siderurgia; no fabricamos máquinas que fabriquen máquinas y ni siquiera hacemos tractores; nos faltan todavía caminos,
puentes, ferrocarriles; le hemos dado la espalda al mar: no
tenemos puertos, marina e industria pesquera; nuestro comercio
exterior se equilibra gracias al turismo y a los dólares que ganan
en los Estados Unidos nuestros "braceros"... Y algo más decisivo: a pesar de la legislación nacionalista, el capital norteamericano es cada día más poderoso y determinante en los centros
vitales de nuestra economía. En suma, aunque empezamos a
contar con una industria, todavía somos, esencialmente, un país
productor de materias primas. Y esto significa: dependencia

de las oscilaciones del mercado mundial, en lo exterior; y en lo interior: pobreza, diferencias atroces entre la vida de los ricos y los desposeídos, desequilibrio.

Con cierta regularidad se discute si la política social y económica ha sido o no acertada. Sin duda se trata de algo más complejo que la técnica y que está más allá de los errores, imprevisiones o inmoralidades de ciertos grupos. La verdad es que los recursos de que dispone la nación, en su totalidad, son insuficientes para "financiar" el desarrollo integral de México y aun para crear lo que los técnicos llaman la "infraestructura económica", única base sólida de un progreso efectivo. Nos faltan capitales y el ritmo interno de capitalización y reinversión es todavía demasiado lento. Así, nuestro problema esencial consiste, según el decir de los expertos, en obtener los recursos indispensables para nuestro desarrollo. ¿Dónde y cómo?

Uno de los hechos que caracterizan la economía mundial es el desequilibrio que existe entre los bajos precios de las materias primas y los altos precios de los productos manufacturados. Países como México —es decir: la mayoría del planeta— están sujetos a los cambios continuos e imprevistos del mercado mundial. Como lo han sostenido nuestros delegados en multitud de conferencias interamericanas e internacionales, ni siquiera es posible esbozar programas económicos a largo plazo si no se suprime esta inestabilidad. Por otra parte, no se llegará a reducir el desnivel, cada vez más profundo, entre los países "subdesarrollados" y los "avanzados" si estos últimos no pagan precios justos por los productos primarios. Estos productos son nuestra fuente principal de ingresos y, por tanto, constituyen la mejor posibilidad de "financiamiento" de nuestro desarrollo económico. Por razones de sobra conocidas, nada o muy poco se ha conseguido en este campo. Los países "avanzados" sostienen imperturbables —como si viviésemos a principios del siglo pasado— que se trata de "leyes naturales del mercado", sobre las cuales el hombre tiene escasa influencia. La verdad es que se trata de la ley del león.

Uno de los remedios que más frecuentemente nos ofrecen los países "avanzados" —señaladamente los Estados Unidos— es el de las inversiones privadas extranjeras. En primer lugar, todo el mundo sabe que las ganancias de esas inversiones salen del país, en forma de dividendos y otros beneficios. Además, implican dependencia económica y, a la larga, ingerencia política del exterior. Por otra parte, el capital privado no se interesa en inversiones a largo plazo y de escaso rendimiento, que son las que nosotros necesitamos; por el contrario, busca los campos más lucrativos y que ofrezcan posibilidades de mejores y más rápidas ganancias. En fin, el capitalista no puede ni desea someterse a un plan general de desarrollo económico.

Sin duda la mejor —y quizá la única— solución consiste en la inversión de capitales públicos, ya sean préstamos gubernamentales o por medio de las organizaciones internacionales. Los primeros entrañan condiciones políticas o económicas y de ahí que se prefiera a los segundos. Como es sabido, las Naciones Unidas y sus organismos especializados fueron fundados, entre otros fines, con el de impulsar la evolución económica y social de los países "subdesarrollados". Principios análogos postula la Carta de la Organización de los Estados Americanos. Ante la inestable situación mundial —reflejo, fundamentalmente, del desequilibrio entre los "grandes" y los "subdesarrollados"— parecería natural que se hubiese hecho algo realmente apreciable en este campo. Lo cierto es que las sumas que se destinan a este objeto resultan irrisorias, sobre todo si se piensa en lo que gastan las grandes potencias en preparativos militares. Empeñadas en ganar la guerra de mañana por medio de pactos guerreros con gobiernos efímeros e impopulares, ocupadas en la conquista de la luna, olvidan lo que ocurre en el subsuelo del planeta. Es evidente que nos encontramos frente a un muro que, solos, no podemos ni saltar ni perforar. Nuestra política exterior ha sido justa pero sin duda podríamos hacer más si nos unimos a otros pueblos con problemas semejantes a los nuestros. La situación de México, en este aspecto, no es distinta a la de la mayoría de los países latinoamericanos, asiáticos y africanos.

La ausencia de capitales puede remediarse de otra manera. Existe, ya lo sabemos, un método de probada eficacia. Después de todo, el capital no es sino trabajo humano acumulado. El prodigioso desarrollo de la Unión Soviética —otro tanto podrá decirse, en breve, de China— no es más que la aplicación de esta fórmula. Gracias a la economía dirigida, que ahorra el despilfarro y la anarquía inherentes al sistema capitalista, y al empleo "racional" de una inmensa mano de obra, dirigida a la explotación de unos recursos también inmensos, en menos de medio siglo la Unión Soviética se ha convertido en el único rival de los Estados Unidos. Pero nosotros no tenemos ni la población ni los recursos, materiales y técnicos, que exige un experimento de tales proporciones (para no hablar de nuestra vecindad con los Estados Unidos y de otras circunstancias históricas). Y, sobre todo, el empleo "racional" de la mano de obra y la economía dirigida significan, entre otras cosas, el trabajo a destajo (estajanovismo), los campos de concentración, las labores forzadas, la deportación de razas y nacionalidades, la supresión de los derechos elementales de los trabajadores y el imperio de la burocracia. Los métodos de "acumulación socialista" —como los llamaba el difunto Stalin— se han revelado bastante más crueles que los sistemas de "acumulación primitiva" del capital, que con tanta justicia indignaban a Marx y Engels. Nadie duda que el "socialismo" totalitario puede transformar la economía de un país; es más dudoso que logre liberar al hombre. Y esto último es lo único que nos interesa y lo único que justifica una revolución.

Es verdad que algunos autores, como Isaac Deutscher, piensan que una vez creada la abundancia se iniciará, casi insensiblemente, el tránsito hacia el verdadero socialismo y la democracia. Olvidan que mientras tanto se han creado clases, o castas, dueñas absolutas del poder político y económico. La historia muestra que nunca una clase ha cedido voluntariamente sus privilegios y ganancias. La idea del "tránsito insensible" hacia el socialismo es tan fantástica como el mito de la "desaparición gradual del Estado" en labios de Stalin y sus sucesores.

Por supuesto que no son imposibles los cambios en la sociedad
soviética. Toda sociedad es histórica, quiero decir, condenada
a la transformación. Pero lo mismo puede decirse de los países
capitalistas. Ahora bien, lo característico de ambos sistemas,
en este momento, es su resistencia al cambio, su voluntad de
no ceder ni a la presión exterior ni a la interior. Y en esto
reside el peligro de la situación: la guerra antes que la transformación.

A LA LUZ del pensamiento revolucionario tradicional —y aun
desde la perspectiva del liberalismo del siglo pasado— resulta
escandalosa la existencia, en pleno siglo xx, de anomalías históricas como los países "subdesarrollados" o la de un imperio
"socialista" totalitario. Muchas de las previsiones y hasta de los
sueños del siglo xix se han realizado (las grandes revoluciones,
los progresos de la ciencia y la técnica, la transformación de la
naturaleza, etc.) pero de una manera paradójica o inesperada,
que desafía la famosa lógica de la historia. Desde los socialistas
utópicos se había afirmado que la clase obrera sería el agente
principal de la historia mundial. Su función consistiría en realizar una revolución en los países más adelantados y crear así
las bases de la liberación del hombre. Cierto, Lenin pensó que
era posible dar un salto histórico y confiar a la dictadura del
proletariado la tarea histórica de la burguesía: el desarrollo industrial. Creía, probablemente, que las revoluciones en los países atrasados precipitarían y aun desencadenarían el cambio
revolucionario en los países capitalistas. Se trataba de romper
la cadena imperialista por el eslabón más débil ... Como es
sabido, el esfuerzo que realizan los países "subdesarrollados" por
industrializarse es, en cierto sentido, antieconómico e impone
grandes sacrificios a la población. En realidad, se trata de un
recurso heroico, en vista de la imposibilidad de elevar el nivel
de vida de los pueblos por otros medios. Ahora bien, como
solución mundial la autarquía es, a la postre, suicida; como
remedio nacional, es un costoso experimento que pagan los
obreros, los consumidores y los campesinos. Pero el nacionalis-

mo de los países "subdesarrollados" no es una respuesta lógica sino la explosión fatal de una situación que las naciones "adelantadas" han hecho desesperada y sin salida. En cambio, la dirección racional de la economía mundial —es decir, el socialismo— habría creado economías complementarias y no sistemas rivales. Desaparecido el imperialismo y el mercado mundial de precios regulado, es decir, suprimido el lucro, los pueblos "subdesarrollados" hubieran contado con los recursos necesarios para llevar a cabo su transformación económica. La revolución socialista en Europa y los Estados Unidos habría facilitado el tránsito —ahora sí de una manera racional y casi insensible— de todos los pueblos "atrasados" hacia el mundo moderno.

La historia del siglo xx hace dudar, por lo menos, del valor de estas hipótesis revolucionarias y, en primer término, de la función universal de la clase obrera como encarnación del destino del mundo. Ni con la mejor buena voluntad se puede afirmar que el proletariado ha sido el agente decisivo en los cambios históricos de este siglo. Las grandes revoluciones de nuestra época —sin excluir a la soviética— se han realizado en países atrasados y los obreros han representado un segmento, casi nunca determinante, de grandes masas populares compuestas por campesinos, soldados, pequeña burguesía y miles de seres desarraigados por las guerras y las crisis. Esas masas informes han sido organizadas por pequeños grupos de profesionales de la revolución o del "golpe de Estado". Hasta las contrarrevoluciones, como el fascismo y el nazismo, se ajustan a este esquema. Lo más desconcertante, sin duda, es la ausencia de revolución socialista en Europa, es decir, en el centro mismo de la crisis contemporánea. Parece inútil subrayar las circunstancias agravantes: Europa cuenta con el proletariado más culto, mejor organizado y con más antiguas tradiciones revolucionarias; asimismo, allá se han producido, una y otra vez, las "condiciones objetivas" propicias al asalto del poder. Al mismo tiempo, varias revoluciones aisladas —por ejemplo: en España y, hace poco, en Hungría— han sido reprimidas sin piedad y sin que se manifestase efectivamente la solidaridad obrera internacional. En cambio, hemos asistido a una regresión bárbara, la de Hitler, y a un renacimiento general del nacionalismo en todo el viejo continente. Finalmente, en lugar de la rebelión del proletariado organizado democráticamente, el siglo xx ha visto el nacimiento del "partido", esto es, de una agrupación nacional o internacional que combina el espíritu y la organización de dos cuerpos en los que la disciplina y la jerarquía son los valores decisivos: la Iglesia y el Ejército. Estos "partidos", que en nada se parecen a los viejos partidos políticos, han sido los agentes efectivos de casi todos los cambios operados después de la primera Guerra Mundial.

El contraste con la periferia es revelador. En las colonias y en los países "atrasados" no han cesado de producirse, desde antes de la primera Guerra Mundial, una serie de trastornos y cambios revolucionarios. Y la marea, lejos de ceder, crece de año en año. En Asia y África el imperialismo se retira; su lugar lo ocupan nuevos Estados con ideologías confusas pero que tienen en común dos ideas, ayer apenas irreconciliables: el nacionalismo y las aspiraciones revolucionarias de las masas. En América Latina, hasta hace poco tranquila, asistimos al ocaso de los dictadores y a una nueva oleada revolucionaria. En casi todas partes —trátese de Indonesia, Venezuela, Egipto, Cuba o Ghana— los ingredientes son los mismos: nacionalismo, reforma agraria, conquistas obreras y, en la cúspide, un Estado decidido a llevar a cabo la industrialización y saltar de la época feudal a la moderna. Poco importa, para la definición general del fenómeno, que en ese empeño el Estado se alíe a grupos más o menos poderosos de la burguesía nativa o que, como en Rusia y China, suprima a las viejas clases y sea la burocracia la encargada de imponer la transformación económica. El rasgo distintivo —y decisivo— es que no estamos ante la revolución proletaria de los países "avanzados" sino ante la insurrección de las masas y pueblos que viven en la periferia del mundo occidental. Anexados al destino de Occidente por el imperialismo, ahora se vuelven sobre sí mismos, descubren su identidad y se deciden a participar en la historia mundial.

Los hombres y las formas políticas en que ha encarnado la insurrección de las naciones "atrasadas" es muy variada. En un extremo Ghandi; en el otro, Stalin; más allá, Mao Tse Tung. Hay mártires como Madero y Zapata, bufones como Perón, intelectuales como Nehru. La galería es muy variada: nada más distinto que Cárdenas, Tito o Nasser. Muchos de estos hombres hubieran sido inconcebibles, como dirigentes políticos, en el siglo pasado y aun en el primer tercio del que corre. Otro tanto ocurre con su lenguaje, en el que las fórmulas mesiánicas se alían a la ideología democrática y a la revolucionaria. Son los hombres fuertes, los políticos realistas; pero también son los inspirados, los soñadores y, a veces, los demagogos. Las masas los siguen y se reconocen en ellos... La filosofía política de estos movimientos posee el mismo carácter abigarrado. La democracia entendida a la occidental se mezcla a formas inéditas o bárbaras, que van desde la "democracia dirigida" de los indonesios hasta el idolátrico "culto a la personalidad" soviético, sin olvidar la respetuosa veneración de los mexicanos a la figura del Presidente.

Al lado del culto al líder, el partido oficial, presente en todas partes. A veces, como en México, se trata de una agrupación abierta, a la que pueden pertenecer prácticamente todos los que desean intervenir en la cosa pública y que abarca vastos sectores de la izquierda y de la derecha. Lo mismo sucede en la India con el Partido del Congreso. Y aquí conviene decir que uno de los rasgos más saludables de la Revolución mexicana —debido, sin duda, tanto a la ausencia de una ortodoxia política como al carácter abierto del partido— es la ausencia de terror organizado. Nuestra falta de "ideología" nos ha preservado de caer en esa tortuosa cacería humana en que se ha convertido el ejercicio de la "virtud" política en otras partes. Hemos tenido, sí, violencias populares, cierta extravagancia en la represión, capricho, arbitrariedad, brutalidad, "mano dura" de algunos generales, "humor negro", pero aun en sus peores momentos todo fue humano, es decir, sujeto a la pasión, a las circunstancias y aun al azar y a la fantasía. Nada más lejano de la aridez del espíritu de sistema y su moral silogística y policíaca. En los países comunistas el partido es una minoría, una secta cerrada y omnipotente, a un tiempo ejército, administración e inquisición: el poder espiritual y el brazo seglar al fin reunidos. Así ha surgido un tipo de Estado absolutamente nuevo en la historia, en el que los rasgos revolucionarios, como la desaparición de la propiedad privada y la economía dirigida, son indistinguibles de otros arcaicos: el carácter sagrado del Estado y la divinización de los jefes. Pasado, presente y futuro: progreso técnico y formas inferiores de la magia política, desarrollo económico y esclavismo sindicalista, ciencia y teología estatal: tal es el rostro prodigioso y aterrador de la Unión Soviética. Nuestro siglo es una gran vasija en donde todos los tiempos históricos hierven, se confunden y mezclan.

¿Cómo es posible que la "inteligencia" contemporánea —pienso sobre todo en la heredera de la tradición revolucionaria europea— no haya hecho un análisis de la situación de nuestro tiempo, no ya desde la vieja perspectiva del siglo pasado sino ante la novedad de esta realidad que nos salta a los ojos? Por ejemplo: la polémica entre Rosa Luxemburgo y Lenin acerca de la "espontaneidad revolucionaria de las masas" y la función del Partido Comunista como "vanguardia del proletariado", quizá cobraría otra significación a la luz de las respectivas condiciones de Alemania y Rusia. Y del mismo modo: no hay duda de que la Unión Soviética se parece muy poco a lo que pensaban Marx y Engels sobre lo que podría ser un Estado obrero. Sin embargo, ese Estado existe; no es una aberración ni una "equivocación de la historia". Es una realidad enorme, evidente por sí misma y que se justifica de la única manera con que se justifican los seres vivos: por el peso y plenitud de su existencia. Un filósofo eminente como Lukács, que ha dedicado tanto de su esfuerzo a denunciar la "irracionalidad" progresiva de la filosofía burguesa, no ha intentado nunca, en serio, el análisis de la sociedad soviética desde el punto de vista de la razón. ¿Puede alguien afirmar que era racional el estalinismo? ¿es racional el empleo de la "dialéctica" por los comunistas y no se trata, simplemente, de una racionalización de ciertas obsesiones, como sucede con otra clase de neurosis? Y la "teoría de la dirección colectiva", la de los "caminos diversos hacia el socialismo", el escándalo de Pasternak y... ¿todo esto es racional? Por su parte, ningún intelectual europeo de izquierda, ningún "marxólogo", se ha inclinado sobre el rostro borroso e informe de las revoluciones agrarias y nacionalistas de América Latina y Oriente para tratar de entenderlas como lo que son: un fenómeno universal que requiere una nueva interpretación. Por supuesto que es aún más desolador el silencio de la "inteligencia" latinoamericana y asiática, que vive en el centro del torbellino. Claro está que no sugiero abandonar los antiguos métodos o negar al marxismo, al menos como instrumento de análisis histórico. Pero nuevos hechos —y que contradicen tan radicalmente las previsiones de la teoría— exigen nuevos instrumentos. O, por lo menos, afilar y aguzar los que poseemos. Con mayor humildad y mejor sentido Trotski escribía, un poco antes de morir, que si después de la segunda Guerra Mundial no surgía una revolución en los países desarrollados quizá habría que revisar toda la perspectiva histórica mundial.

La revolución mexicana desemboca en la historia universal. Nuestra situación, con diferencias de grado, sistema y "tiempo histórico", no es muy diversa a la de muchos otros países de América Latina, Oriente y África. Aunque nos hemos liberado del feudalismo, el caudillismo militar y la Iglesia, nuestros problemas son, esencialmente, los mismos. Esos problemas son inmensos y de difícil resolución. Muchos peligros nos acechan. Muchas tentaciones, desde el "gobierno de los banqueros" —es decir: de los intermediarios— hasta el cesarismo, pasando por la demagogia nacionalista y otras formas espasmódicas de la vida política. Nuestros recursos materiales son escasos y todavía no nos enseñamos del todo a usarlos. Más pobres aún son nuestros instrumentos intelectuales. Hemos pensado muy poco por cuenta propia; todo o casi todo lo hemos visto y aprehendido en Europa y los Estados Unidos. Las grandes palabras que die-

ron nacimiento a nuestros pueblos tienen ahora un valor equívoco y ya nadie sabe exactamente qué quieren decir: Franco
es demócrata y forma parte del "mundo libre". La palabra
comunismo designa a Stalin; socialismo quiere decir una reunión de señores defensores del orden colonial. Todo parece una
gigantesca equivocación. Todo ha pasado como no debería
haber pasado, decimos para consolarnos. Pero somos nosotros
los equivocados, no la historia. Tenemos que aprender a mirar
cara a cara la realidad. Inventar, si es preciso, palabras nuevas
e ideas nuevas para estas nuevas y extrañas realidades que nos
han salido al paso. Pensar es el primer deber de la "inteligencia". Y en ciertos casos, el único.

Mientras tanto ¿qué hacer? No hay recetas ya. Pero hay un
punto de partida válido: nuestros problemas son nuestros y
constituyen nuestra responsabilidad; sin embargo, son también
los de todos. La situación de los latinoamericanos es la de la
mayoría de los pueblos de la periferia. Por primera vez, desde
hace más de trescientos años, hemos dejado de ser materia inerte
sobre la que se ejerce la voluntad de los poderosos. Éramos
objetos; empezamos a ser agentes de los cambios históricos y
nuestros actos y nuestras omisiones afectan la vida de las grandes potencias. La imagen del mundo actual como una pelea
entre dos gigantes (el resto está compuesto por amigos, ayudan-
tes, criados y partidarios por fatalidad) es bastante superficial.
El trasfondo —y, en verdad, la sustancia misma— de la historia
contemporánea es la oleada revolucionaria de los pueblos de la
periferia. Para Moscú, Tito es una realidad desagradable pero
es una realidad. Lo mismo puede decirse de Nasser o Nehru
para los occidentales. ¿Un tercer frente, un nuevo club de naciones, el club de los pobres? Quizá es demasiado pronto. O,
tal vez, demasiado tarde: la historia va muy de prisa y el ritmo
de expansión de los poderosos es más rápido que el de nuestro
crecimiento. Pero antes de que la congelación de la vida histórica —pues a eso equivale el "empate" entre los grandes—
se convierta en definitiva petrificación, hay posibilidades de
acción concertada e inteligente.

Hemos olvidado que hay muchos como nosotros, dispersos y aislados. A los mexicanos nos hace falta una nueva sensibilidad frente a la América Latina; hoy esos países despiertan: ¿los dejaremos solos? Tenemos amigos desconocidos en los Estados Unidos y en Europa. Las luchas en Oriente están ligadas, de alguna manera, a las nuestras. Nuestro nacionalismo, si no es una enfermedad mental o una idolatría, debe desembocar en una búsqueda universal. Hay que partir de la conciencia de que nuestra situación de enajenación es la de la mayoría de los pueblos. Ser nosotros mismos será oponer al avance de los hielos históricos el rostro móvil del hombre. Tanto mejor si no tenemos recetas ni remedios patentados para nuestros males. Podemos, al menos, pensar y obrar con sobriedad y resolución.

El objeto de nuestra reflexión no es diverso al que desvela a otros hombres y a otros pueblos: ¿cómo crear una sociedad, una cultura, que no niegue nuestra humanidad pero tampoco la convierta en una vana abstracción? La pregunta que se hacen todos los hombres hoy no es diversa a la que se hacen los mexicanos. Todo nuestro malestar, la violencia contradictoria de nuestras reacciones, los estallidos de nuestra intimidad y las bruscas explosiones de nuestra historia, que fueron primero ruptura y negación de las formas petrificadas que nos oprimían, tienden a resolverse en búsqueda y tentativa por crear un mundo en donde no imperen ya la mentira, la mala fe, el disimulo, la avidez sin escrúpulos, la violencia y la simulación. Una sociedad, también, que no haga del hombre un instrumento y una dehesa de la Ciudad. Una sociedad humana.

El mexicano se esconde bajo muchas máscaras, que luego arroja un día de fiesta o de duelo, del mismo modo que la nación ha desgarrado todas las formas que la asfixiaban. Pero no hemos encontrado aún esa que reconcilie nuestra libertad con el orden, la palabra con el acto y ambos con una evidencia que ya no será sobrenatural, sino humana: la de nuestros semejantes. En esa búsqueda hemos retrocedido una y otra vez, para luego avanzar con más decisión hacia adelante. Y ahora, de pronto, hemos llegado al límite: en unos cuantos años hemos agotado todas las formas históricas que poseía Europa. No nos queda sino la desnudez o la mentira. Pues tras este derrumbe general de la Razón y la Fe, de Dios y la Utopía, no se levantan ya nuevos o viejos sistemas intelectuales, capaces de albergar nuestra angustia y tranquilizar nuestro desconcierto; frente a nosotros no hay nada. Estamos al fin solos. Como todos los hombres. Como ellos, vivimos el mundo de la violencia, de la simulación y del "ninguneo": el de la soledad cerrada, que si nos defiende nos oprime y que al ocultarnos nos desfigura y mutila. Si nos arrancamos esas máscaras, si nos abrimos, si, en fin, nos afrontamos, empezaremos a vivir y pensar de verdad. Nos aguardan una desnudez y un desamparo. Allí, en la soledad abierta, nos espera también la trascendencia: las manos de otros solitarios. Somos, por primera vez en nuestra historia, contemporáneos de todos los hombres.

LA DIALÉCTICA DE LA SOLEDAD

La soledad, el sentirse y el saberse solo, desprendido del mundo y ajeno a sí mismo, separado de sí, no es característica exclusiva del mexicano. Todos los hombres, en algún momento de su vida, se sienten solos; y más: todos los hombres están solos. Vivir, es separarnos del que fuimos para internarnos en el que vamos a ser, futuro extraño siempre. La soledad es el fondo último de la condición humana. El hombre es el único ser que se siente solo y el único que es búsqueda de otro. Su naturaleza —si se puede hablar de naturaleza al referirse al hombre, el ser que, precisamente, se ha inventado a sí mismo al decirle "no" a la naturaleza— consiste en un aspirar a realizarse en otro. El hombre es nostalgia y búsqueda de comunión. Por eso cada vez que se siente a sí mismo se siente como carencia de otro, como soledad.

Uno con el mundo que lo rodea, el feto es vida pura y en bruto, fluir ignorante de sí. Al nacer, rompemos los lazos que nos unen a la vida ciega que vivimos en el vientre materno, en donde no hay pausa entre deseo y satisfacción. Nuestra sensación de vivir se expresa como separación y ruptura, desamparo, caída en un ámbito hostil o extraño. A medida que crecemos esa primitiva sensación se transforma en sentimiento de soledad. Y más tarde, en conciencia: estamos condenados a vivir solos, pero también lo estamos a traspasar nuestra soledad y a rehacer los lazos que en un pasado paradisíaco nos unían a la vida. Todos nuestros esfuerzos tienden a abolir la soledad. Así, sentirse solos posee un doble significado: por una parte consiste en tener conciencia de sí; por la otra, en un deseo de salir de sí. La soledad, que es la condición misma de nuestra vida, se nos aparece como una prueba y una purgación, a cuyo término angustia e inestabilidad desaparecerán. La plenitud, la reunión, que es reposo y dicha, concordancia con el mundo, nos esperan al fin del laberinto de la soledad.

El lenguaje popular refleja esta dualidad al identificar a la soledad con la pena. Las penas de amor son penas de soledad. Comunión y soledad, deseo de amor, se oponen y complementan. Y el poder redentor de la soledad transparenta una oscura, pero viva, noción de culpa: el hombre solo "está dejado de la mano de Dios". La soledad es una pena, esto es, una condena y una expiación. Es un castigo, pero también una promesa del fin de nuestro exilio. Toda vida está habitada por esta dialéctica.

Nacer y morir son experiencias de soledad. Nacemos solos y morimos solos. Nada tan grave como esa primera inmersión en la soledad que es el nacer, si no es esa otra caída en lo desconocido que es el morir. La vivencia de la muerte se transforma pronto en conciencia del morir. Los niños y los hombres primitivos no creen en la muerte; mejor dicho, no saben que la muerte existe, aunque ella trabaje secretamente en su interior. Su descubrimiento nunca es tardío para el hombre civilizado, pues todo nos avisa y previene que hemos de morir. Nuestras vidas son un diario aprendizaje de la muerte. Más que a vivir se nos enseña a morir. Y se nos enseña mal.

Entre nacer y morir transcurre nuestra vida. Expulsados del claustro materno, iniciamos un angustioso salto de veras mortal, que no termina sino hasta que caemos en la muerte. ¿Morir será volver allá, a la vida de antes de la vida? ¿Será vivir de nuevo esa vida prenatal en que reposo y movimiento, día y noche, tiempo y eternidad, dejan de oponerse? ¿Morir será dejar de ser y, definitivamente, estar? ¿Quizá la muerte sea la vida verdadera? ¿Quizá nacer sea morir y morir, nacer? Nada sabemos. Mas aunque nada sabemos, todo nuestro ser aspira a escapar de estos contrarios que nos desgarran. Pues si todo (conciencia de sí, tiempo, razón, costumbres, hábitos) tiende a hacer de nosotros los expulsados de la vida, todo también nos empuja a volver, a descender al seno creador de donde fuimos arrancados. Y le pedimos al amor —que, siendo deseo, es hambre

de comunión, hambre de caer y morir tanto como de renacer—
que nos dé un pedazo de vida verdadera, de muerte verdadera.
No le pedimos la felicidad, ni el reposo, sino un instante, sólo
un instante, de vida plena, en la que se fundan los contrarios
y vida y muerte, tiempo y eternidad, pacten. Oscuramente
sabemos que vida y muerte no son sino dos movimientos, antagónicos pero complementarios, de una misma realidad. Creación y destrucción se funden en el acto amoroso; y durante una
fracción de segundo el hombre entrevé un estado más perfecto.

EN NUESTRO mundo el amor es una experiencia casi inaccesible.
Todo se opone a él: moral, clases, leyes, razas y los mismos enamorados. La mujer siempre ha sido para el hombre "lo otro",
su contrario y complemento. Si una parte de nuestro ser anhela fundirse a ella, otra, no menos imperiosamente, la aparta y
excluye. La mujer es un objeto, alternativamente precioso o
nocivo, mas siempre diferente. Al convertirla en objeto, en ser
aparte y al someterla a todas las deformaciones que su interés,
su vanidad, su angustia y su mismo amor le dictan, el hombre
la convierte en instrumento. Medio para obtener el conocimiento y el placer, vía para alcanzar la supervivencia, la mujer
es ídolo, diosa, madre, hechicera o musa, según muestra Simone
de Beauvoir, pero jamás puede ser ella misma. De ahí que
nuestras relaciones eróticas estén viciadas en su origen, man-
chadas en su raíz. Entre la mujer y nosotros se interpone un
fantasma: el de su imagen, el de la imagen que nosotros nos
hacemos de ella y con la que ella se reviste. Ni siquiera podemos tocarla como carne que se ignora a sí misma, pues entre
nosotros y ella se desliza esa visión dócil y servil de un cuerpo
que se entrega. Y a la mujer le ocurre lo mismo: no se siente
ni se concibe sino como objeto, como "otro". Nunca es dueña
de sí. Su ser se escinde entre lo que es realmente y la imagen
que ella se hace de sí. Una imagen que le ha sido dictada por
familia, clase, escuela, amigas, religión y amante. Su feminidad
jamás se expresa, porque se manifiesta a través de formas inventadas por el hombre. El amor no es un acto natural. Es

algo humano y, por definición, *lo más humano,* es decir, una creación, algo que nosotros hemos hecho y que no se da en la naturaleza. Algo que hemos hecho, que hacemos todos los días y que todos los días deshacemos.

No son éstos los únicos obstáculos que se interponen entre el amor y nosotros. El amor es elección. Libre elección, acaso, de nuestra fatalidad, súbito descubrimiento de la parte más secreta y fatal de nuestro ser. Pero la elección amorosa es imposible en nuestra sociedad. Ya Breton decía en uno de sus libros más hermosos —*El loco amor*— que dos prohibiciones impedían, desde su nacimiento, la elección amorosa: la interdicción social y la idea cristiana del pecado. Para realizarse, el amor necesita quebrantar la ley del mundo. En nuestro tiempo el amor es escándalo y desorden, transgresión: el de dos astros que rompen la fatalidad de sus órbitas y se encuentran en la mitad del espacio. La concepción romántica del amor, que implica ruptura y catástrofe, es la única que conocemos porque todo en la sociedad impide que el amor sea libre elección.

La mujer vive presa en la imagen que la sociedad masculina le impone; por lo tanto, sólo puede elegir rompiendo consigo misma. "El amor la ha transformado, la ha hecho otra persona", suelen decir de las enamoradas. Y es verdad: el amor hace otra a la mujer, pues si se atreve a amar, a elegir, si se atreve a ser ella misma, debe romper esa imagen con que el mundo encarcela su ser.

El hombre tampoco puede elegir. El círculo de sus posibilidades es muy reducido. Niño, descubre la feminidad en la madre o en las hermanas. Y desde entonces el amor se identifica con lo prohibido. Nuestro erotismo está condicionado por el horror y la atracción del incesto. Por otra parte, la vida moderna estimula innecesariamente nuestra sensualidad, al mismo tiempo que la inhibe con toda clase de interdicciones —de clase, de moral y hasta de higiene—. La culpa es la espuela y el freno del deseo. Todo limita nuestra elección. Estamos constreñidos a someter nuestras aficiones profundas a la imagen femenina que nuestro círculo social nos impone. Es difícil amar a personas de otra raza, de otra lengua o de otra clase, a pesar de que no sea imposible que el rubio prefiera a las negras y éstas a los chinos, ni que el señor se enamore de su criada o a la inversa. Semejantes posibilidades nos hacen enrojecer. Incapaces de elegir, seleccionamos a nuestra esposa entre las mujeres que nos "convienen". Jamás confesaremos que nos hemos unido —a veces para siempre— con una mujer que acaso no amamos y que, aunque nos ame, es incapaz de salir de sí misma y mostrarse tal cual es. La frase de Swan: "Y pensar que he perdido los mejores años de mi vida con una mujer que no era mi tipo", la pueden repetir, a la hora de su muerte, la mayor parte de los hombres modernos. Y las mujeres.

La sociedad concibe el amor, contra la naturaleza de este sentimiento, como una unión estable y destinada a crear hijos. Lo identifica con el matrimonio. Toda transgresión a esta regla se castiga con una sanción cuya severidad varía de acuerdo con tiempo y espacio. (Entre nosotros la sanción es mortal muchas veces —si es mujer el infractor— pues en México, como en todos los países hispánicos, funcionan con general aplauso dos morales, la de los señores y la de los otros: pobres, mujeres, niños.) La protección impartida al matrimonio podría justificarse si la sociedad permitiese de verdad la elección. Puesto que no lo hace, debe aceptarse que el matrimonio no constituye la más alta realización del amor, sino que es una forma jurídica, social y económica que posee fines diversos a los del amor. La estabilidad de la familia reposa en el matrimonio, que se convierte en una mera proyección de la sociedad, sin otro objeto que la recreación de esa misma sociedad. De ahí la naturaleza profundamente conservadora del matrimonio. Atacarlo, es disolver las bases mismas de la sociedad. Y de ahí también que el amor sea, sin proponérselo, un acto antisocial, pues cada vez que logra realizarse, quebranta el matrimonio y lo transforma en lo que la sociedad no quiere que sea: la revelación de dos soledades que crean por sí mismas un mundo que rompe la mentira social, suprime tiempo y trabajo y se declara autosuficiente. No es extraño, así, que la sociedad persiga con el mismo encono al amor y a la poesía, su testimonio, y los arroje a la clandestinidad, a las afueras, al mundo turbio y confuso de lo prohibido, lo ridículo y lo anormal. Y tampoco es extraño que amor y poesía estallen en formas extrañas y puras: un escándalo, un crimen, un poema.

La protección al matrimonio implica la persecución del amor y la tolerancia de la prostitución, cuando no su cultivo oficial. Y no deja de ser reveladora la ambigüedad de la prostituta: ser sagrado para algunos pueblos, para nosotros es alternativamente un ser despreciable y deseable. Caricatura del amor, víctima del amor, la prostituta es símbolo de los poderes que humilla nuestro mundo. Pero no nos basta con esa mentira de amor que entraña la existencia de la prostitución; en algunos círculos se aflojan los lazos que hacen intocable al matrimonio y reina la promiscuidad. Ir de cama en cama no es ya, ni siquiera, libertinaje. El seductor, el hombre que no puede salir de sí porque la mujer es siempre instrumento de su vanidad o de su angustia, se ha convertido en una figura del pasado, como el caballero andante. Ya no se puede seducir a nadie, del mismo modo que no hay doncellas que amparar o entuertos que deshacer. El erotismo moderno tiene un sentido distinto al de un Sade, por ejemplo. Sade era un temperamento trágico, poseído de absoluto; su obra es una revelación explosiva de la condición humana. Nada más desesperado que un héroe de Sade. El erotismo moderno casi siempre es una retórica, un ejercicio literario y una complacencia. No es una revelación del hombre sino un documento más sobre una sociedad que estimula el crimen y condena al amor. ¿Libertad de la pasión? El divorcio ha dejado de ser una conquista. No se trata tanto de facilitar la anulación de los lazos ya establecidos, sino de permitir que hombres y mujeres puedan escoger libremente. En una sociedad ideal, la única causa de divorcio sería la desaparición del amor o la aparición de uno nuevo. En una sociedad en que todos pudieran elegir, el divorcio sería un anacronismo o una singularidad, como la prostitución, la promiscuidad o el adulterio.

La sociedad se finge una totalidad que vive por sí y para sí.

Pero si la sociedad se concibe como unidad indivisible, en su interior está escindida por un dualismo que acaso tiene su origen en el momento en que el hombre se desprende del mundo animal y, al servirse de sus manos, se inventa a sí mismo e inventa conciencia y moral. La sociedad es un organismo que padece la extraña necesidad de justificar sus fines y apetitos. A veces los fines de la sociedad, enmascarados por los preceptos de la moral dominante, coinciden con los deseos y necesidades de los hombres que la componen. Otras, contradicen las aspiraciones de fragmentos o clases importantes. Y no es raro que nieguen los instintos más profundos del hombre. Cuando esto último ocurre, la sociedad vive una época de crisis: estalla o se estanca. Sus componentes dejan de ser hombres y se convierten en simples instrumentos desalmados.

El dualismo inherente a toda sociedad, y que toda sociedad aspira a resolver transformándose en comunidad, se expresa en nuestro tiempo de muchas maneras: lo bueno y lo malo, lo permitido y lo prohibido; lo ideal y lo real, lo racional y lo irracional; lo bello y lo feo; el sueño y la vigilia, los pobres y los ricos, los burgueses y los proletarios; la inocencia y la conciencia, la imaginación y el pensamiento. Por un movimiento irresistible de su propio ser, la sociedad tiende a superar este dualismo y a transformar el conjunto de solitarias enemistades que la componen en un orden armonioso. Pero la sociedad moderna pretende resolver su dualismo mediante la supresión de esa dialéctica de la soledad que hace posible el amor. Las sociedades industriales —independientemente de sus diferencias "ideológicas", políticas o económicas— se empeñan en transformar las diferencias cualitativas, es decir: humanas, en uniformidades cuantitativas. Los métodos de la producción en masa se aplican también a la moral, al arte y a los sentimientos. Abolición de las contradicciones y de las excepciones... Se cierran así las vías de acceso a la experiencia más honda que la vida ofrece al hombre y que consiste en penetrar la realidad como una totalidad en la que los contrarios pactan. Los nuevos poderes abolen la soledad por decreto. Y con ella al amor, forma clandestina y heroica de la comunión. Defender el amor ha sido siempre una actividad antisocial y peligrosa. Y ahora empieza a ser de verdad revolucionaria. La situación del amor en nuestro tiempo revela cómo la dialéctica de la soledad, en su más profunda manifestación, tiende a frustrarse por obra de la misma sociedad. Nuestra vida social niega casi siempre toda posibilidad de auténtica comunión erótica.

EL AMOR es uno de los más claros ejemplos de ese doble instinto que nos lleva a cavar y ahondar en nosotros mismos y, simultáneamente, a salir de nosotros y realizarnos en otro: muerte y recreación, soledad y comunión. Pero no es el único. Hay en la vida de cada hombre una serie de períodos que son también rupturas y reuniones, separaciones y reconciliaciones. Cada una de estas etapas es una tentativa por trascender nuestra soledad, seguida por inmersiones en ambientes extraños.

El niño se enfrenta a una realidad irreductible a su ser y a cuyos estímulos no responde al principio sino con llanto o silencio. Roto el cordón que lo unía a la vida, trata de recrearlo por medio de la afectividad y el juego. Inicia así un diálogo que no terminará sino hasta que recite el monólogo de su muerte. Pero sus relaciones con el exterior no son ya pasivas, como en la vida prenatal, pues el mundo le exige una respuesta. La realidad debe ser poblada por sus actos. Gracias al juego y a la imaginación, la naturaleza inerte de los adultos —una silla, un libro, un objeto cualquiera— adquiere de pronto vida propia. Por la virtud mágica del lenguaje o del gesto, del símbolo o del acto, el niño crea un mundo viviente, en el que los objetos son capaces de responder a sus preguntas. El lenguaje, desnudo de sus significaciones intelectuales, deja de ser un conjunto de signos y vuelve a ser un delicado organismo de imantación mágica. No hay distancia entre el nombre y la cosa y pronunciar una palabra es poner en movimiento a la realidad que designa. La representación equivale a una verdadera reproducción del objeto, del mismo modo que para el primitivo la escultura no es una representación sino un doble del objeto re-

presentado. Hablar vuelve a ser una actividad creadora de realidades, esto es, una actividad poética. El niño, por virtud de
la magia, crea un mundo a su imagen y resuelve así su soledad.
Vuelve a ser uno con su ambiente. El conflicto renace cuando
el niño deja de creer en el poder de sus palabras o de sus gestos. La conciencia principia como desconfianza en la eficacia
mágica de nuestros instrumentos.

La adolescencia es ruptura con el mundo infantil y momento
de pausa ante el universo de los adultos. Spranger señala a la
soledad como nota distintiva de la adolescencia. Narciso, el
solitario, es la imagen misma del adolescente. En este período
el hombre adquiere por primera vez conciencia de su singularidad. Pero la dialéctica de los sentimientos interviene nuevamente: en tanto que extrema conciencia de sí, la adolescencia
no puede ser superada sino como olvido de sí, como entrega.
Por eso la adolescencia no es sólo la edad de la soledad, sino
también la época de los grandes amores, del heroísmo y del
sacrificio. Con razón el pueblo imagina al héroe y al amante
como figuras adolescentes. La visión del adolescente como un
solitario, encerrado en sí mismo, devorado por el deseo o la
timidez, se resuelve casi siempre en la bandada de jóvenes que
bailan, cantan o marchan en grupo. O en la pareja paseando
bajo el arco de verdor de la calzada. El adolescente se abre al
mundo: al amor, a la acción, a la amistad, al deporte, al heroísmo. La literatura de los pueblos modernos —con la significativa excepción de la española, en donde no aparecen sino como
pícaros o huérfanos— está poblada de adolescentes, solitarios en
busca de la comunión: del anillo, de la espada, de la Visión.
La adolescencia es una vela de armas de la que se sale al mundo
de los hechos.

La madurez no es etapa de soledad. El hombre, en lucha
con los hombres o con las cosas, se olvida de sí en el trabajo,
en la creación o en la construcción de objetos, ideas e instituciones. Su conciencia personal se une a otras: el tiempo adquiere
sentido y fin, es historia, relación viviente y significativa con un
pasado y un futuro. En verdad, nuestra singularidad —que

brota de nuestra temporalidad, de nuestra fatal inserción en un tiempo que es nosotros mismos y que al alimentarnos nos devora— no queda abolida, pero sí atenuada y, en cierto modo, "redimida". Nuestra existencia particular se inserta en la historia y ésta se convierte, para emplear la expresión de Eliot, en "a pattern of timeless moments". Así, el hombre maduro atacado del mal de soledad constituye en épocas fecundas una anomalía. La frecuencia con que ahora se encuentra a esta clase de solitarios indica la gravedad de nuestros males. En la época del trabajo en común, de los cantos en común, de los placeres en común, el hombre está más solo que nunca. El hombre moderno no se entrega a nada de lo que hace. Siempre una parte de sí, la más profunda, permanece intacta y alerta. En el siglo de la acción, el hombre se espía. El trabajo, único dios moderno, ha cesado de ser creador. El trabajo sin fin, infinito, corresponde a la vida sin finalidad de la sociedad moderna. Y la soledad que engendra, soledad promiscua de los hoteles, de las oficinas, de los talleres y de los cines, no es una prueba que afine el alma, un necesario purgatorio. Es una condenación total, espejo de un mundo sin salida.

EL DOBLE significado de la soledad —ruptura con un mundo y tentativa por crear otro— se manifiesta en nuestra concepción de héroes, santos y redentores. El mito, la biografía, la historia y el poema registran un período de soledad y de retiro, situado casi siempre en la primera juventud, que precede a la vuelta al mundo y a la acción entre los hombres. Años de preparación y de estudio, pero sobre todo años de sacrificio y penitencia, de examen, de expiación y de purificación. La soledad es ruptura con un mundo caduco y preparación para el regreso y la lucha final. Arnold Toynbee ilustra esta idea con numerosos ejemplos: el mito de la cueva de Platón, las vidas de San Pablo, Buda, Mahoma, Maquiavelo, Dante. Y todos, en nuestra propia vida y dentro de las limitaciones de nuestra pequeñez, también hemos vivido en soledad y apartamiento, para purificarnos y luego regresar entre los nuestros.

La dialéctica de la soledad —"the twofold motion of with-
drawal-and-return", según Toynbee— se dibuja con claridad en
la historia de todos los pueblos. Quizá las sociedades antiguas,
más simples que las nuestras, ilustran mejor este doble movimiento.

No es difícil imaginar hasta qué punto la soledad constituye
un estado peligroso y temible para el llamado, con tanta vanidad como inexactitud, hombre primitivo. Todo el complicado y rígido sistema de prohibiciones, reglas y ritos de la cultura
arcaica, tiende a preservarlo de la soledad. El grupo es la única
fuente de salud. El solitario es un enfermo, una rama muerta
que hay que cortar y quemar, pues la sociedad misma peligra
si alguno de sus componentes es presa del mal. La repetición
de actitudes y fórmulas seculares no solamente asegura la permanencia del grupo en el tiempo, sino su unidad y cohesión.
Los ritos y la presencia constante de los espíritus de los muertos entretejen un centro, un nudo de relaciones que limitan la
acción individual y protegen al hombre de la soledad y al grupo
de la dispersión.

Para el hombre primitivo salud y sociedad, dispersión y
muerte, son términos equivalentes. Aquel que se aleja de la
tierra natal "cesa de pertenecer al grupo. Muere y recibe los
honores fúnebres acostumbrados".[1] El destierro perpetuo equivale a una sentencia de muerte. La identificación del grupo
social con los espíritus de los antepasados y el de éstos con la
tierra se expresa en este rito simbólico africano: "Cuando un
nativo regresa de Kimberley con la mujer que lo ha desposado, la
pareja lleva consigo un poco de tierra de su lugar. Cada día la esposa debe comer un poco de ese polvo... para acostumbrarse
a la nueva residencia. Ese poco de tierra hará posible la tran-
sición entre los dos domicilios." La solidaridad social posee
entre ellos "un carácter orgánico y vital. El individuo es lite-
ralmente miembro de un cuerpo". Por tal motivo las conver-
siones individuales no son frecuentes. "Nadie se puede salvar

---

[1] Lucien Lévy-Bruhl, *La mentalité primitive*. París, 1922.

o condenar por su cuenta" y sin que su acto afecte a toda la colectividad.[2]

A pesar de todas estas precauciones el grupo no está a salvo de la dispersión. Todo puede disgregarlo: guerras, cismas religiosos, transformaciones de los sistemas de producción, conquistas... Apenas el grupo se divide, cada uno de los fragmentos se enfrenta a una nueva situación: la soledad, consecuencia de la ruptura con el centro de salud que era la vieja sociedad cerrada, ya no es una amenaza, ni un accidente, sino una condición, la condición fundamental, el fondo final de su existencia. El desamparo y abandono se manifiesta como conciencia del pecado —un pecado que no ha sido infracción a una regla, sino que forma parte de su naturaleza. Mejor dicho, que es ya su naturaleza. Soledad y pecado original se identifican. Y salud y comunión vuelven a ser términos sinónimos, sólo que situados en un pasado remoto. Constituyen la edad de oro, reino vivido antes de la historia y al que quizá se pueda acceder si rompemos la cárcel del tiempo. Nace así, con la conciencia del pecado, la necesidad de la redención. Y ésta engendra la del redentor.

Surgen una nueva mitología y una nueva religión. A diferencia de la antigua, la nueva sociedad es abierta y fluida, pues está constituida por desterrados. Ya el solo nacimiento dentro del grupo no otorga al hombre su filiación. Es un don de lo alto y debe merecerlo. La plegaria crece a expensas de la fórmula mágica y los ritos de iniciación acentúan su carácter purificador. Con la idea de redención surgen la especulación religiosa, la ascética, la teología y la mística. El sacrificio y la comunión dejan de ser un festín totémico, si es que alguna vez lo fueron realmente, y se convierten en la vía de ingreso a la nueva sociedad. Un dios, casi siempre un dios hijo, un descendiente de las antiguas divinidades creadoras, muere y resucita periódicamente. Es un dios de fertilidad, pero también de salvación y su sacrificio es prenda de que el grupo prefigura en la tierra la sociedad perfecta que nos espera al otro lado de la muerte. En la esperanza del más allá late la nostalgia de la antigua sociedad. El retorno a la edad de oro vive, implícito, en la promesa de salvación.

Seguramente es muy difícil que en la historia particular de una sociedad se den todos los rasgos sumariamente apuntados. No obstante, algunos se ajustan en casi todos sus detalles al esquema anterior. El nacimiento del orfismo, por ejemplo. Como es sabido, el culto a Orfeo surge después del desastre de la civilización aquea —que provocó una general dispersión del mundo griego y una vasta reacomodación de pueblos y culturas—. La necesidad de rehacer los antiguos vínculos, sociales y sagrados, dio origen a cultos secretos, en los que participaban solamente "aquellos seres desarraigados, trasplantados, reaglutinados artificialmente y que soñaban con reconstruir una organización de la que no pudieran separarse. Su sólo nombre colectivo era el de huérfanos".[3] (Señalaré de paso que *orphanos* no solamente es huérfano, sino vacío. En efecto, soledad y orfandad son, en último término, experiencias del vacío.)

Las religiones de Orfeo y Dionisios, como más tarde las religiones proletarias del fin del mundo antiguo, muestran con claridad el tránsito de una sociedad cerrada a otra abierta. La conciencia de la culpa, de la soledad y la expiación, juegan en ellas el mismo doble papel que en la vida individual.

EL SENTIMIENTO de soledad, nostalgia de un cuerpo del que fuimos arrancados, es nostalgia de espacio. Según una concepción muy antigua y que se encuentra en casi todos los pueblos, ese espacio no es otro que el centro del mundo, el "ombligo" del universo. A veces el paraíso se identifica con ese sitio y ambos con el lugar de origen, mítico o real, del grupo.[4] Entre los aztecas, los muertos regresaban a Mictlán, lugar situado al norte, de donde habían emigrado. Casi todos los ritos de fundación, de ciudades o de mansiones, aluden a la búsqueda de ese centro sagrado del que fuimos expulsados. Los grandes

[3] Amable Audin, *Les Fêtes Solaires*. París, 1945.
[4] Sobre la noción de "espacio sagrado", véase Mircea Eliade, *Histoire des Religions*. París, 1949.

santuarios —Roma, Jerusalén, la Meca— se encuentran en el centro del mundo o lo simbolizan y prefiguran. Las peregrinaciones a esos santuarios son repeticiones rituales de las que cada pueblo ha hecho en un pasado mítico, antes de establecerse en la tierra prometida. La costumbre de dar una vuelta a la casa o a la ciudad antes de atravesar sus puertas, tiene el mismo origen.

El mito del Laberinto se inserta en este grupo de creencias. Varias nociones afines han contribuido a hacer del Laberinto uno de los símbolos míticos más fecundos y significativos: la existencia, en el centro del recinto sagrado, de un talismán o de un objeto cualquiera, capaz de devolver la salud o la libertad al pueblo; la presencia de un héroe o de un santo, quien tras la penitencia y los ritos de expiación, que casi siempre entrañan un período de aislamiento, penetra en el laberinto o palacio encantado; el regreso, ya para fundar la Ciudad, ya para salvarla o redimirla. Si en el mito de Perseo los elementos místicos apenas son visibles, en el del Santo Grial el ascetismo y la mística se alían: el pecado, que produce la esterilidad en la tierra y en el cuerpo mismo de los súbditos del Rey Pescador; los ritos de purificación; el combate espiritual; y, finalmente, la gracia, esto es, la comunión.

No sólo hemos sido expulsados del centro del mundo y estamos condenados a buscarlo por selvas y desiertos o por los vericuetos y subterráneos del Laberinto. Hubo un tiempo en el que el tiempo no era sucesión y tránsito, sino manar continuo de un presente fijo, en el que estaban contenidos todos los tiempos, el pasado y el futuro. El hombre, desprendido de esa eternidad en la que todos los tiempos son uno, ha caído en el tiempo cronométrico y se ha convertido en prisionero del reloj, del calendario y de la sucesión. Pues apenas el tiempo se divide en ayer, hoy y mañana, en horas, minutos y segundos, el hombre cesa de ser uno con el tiempo, cesa de coincidir con el fluir de la realidad. Cuando digo "en este instante", ya pasó el instante. La medición espacial del tiempo separa al hombre de la realidad, que es un continuo presente, y hace fantasmas a todas las presencias en que la realidad se manifiesta, como enseña Bergson.

Si se reflexiona sobre el carácter de estas dos opuestas nociones, se advierte que el tiempo cronométrico es una sucesión homogénea y vacía de toda particularidad. Igual a sí mismo siempre, desdeñoso del placer o del dolor, sólo transcurre. El tiempo mítico, al contrario, no es una sucesión homogénea de cantidades iguales, sino que se halla impregnado de todas las particularidades de nuestra vida: es largo como una eternidad o breve como un soplo, nefasto o propicio, fecundo o estéril. Esta noción admite la existencia de una pluralidad de tiempos. Tiempo y vida se funden y forman un solo bloque, una unidad imposible de escindir. Para los aztecas, el tiempo estaba ligado al espacio y cada día a uno de los puntos cardinales. Otro tanto puede decirse de cualquier calendario religioso. La Fiesta es algo más que una fecha o un aniversario. No celebra, sino *reproduce* un suceso: abre en dos al tiempo cronométrico para que, por espacio de unas breves horas inconmensurables, el presente eterno se reinstale. La fiesta vuelve creador al tiempo. La repetición se vuelve concepción. El tiempo engendra. La Edad de Oro regresa. Ahora y aquí, cada vez que el sacerdote oficia el Misterio de la Santa Misa, desciende efectivamente Cristo, se da a los hombres y salva al mundo. Los verdaderos creyentes son, como quería Kierkegaard, "contemporáneos de Jesús". Y no solamente en la Fiesta religiosa o en el Mito irrumpe un Presente que disuelve la vana sucesión. También el amor y la poesía nos revelan, fugaz, este tiempo original. "Más tiempo no es más eternidad", dice Juan Ramón Jiménez, refiriéndose a la eternidad del instante poético. Sin duda la concepción del tiempo como presente fijo y actualidad pura, es más antigua que la del tiempo cronométrico, que no es una aprehensión inmediata del fluir de la realidad, sino una racionalización del transcurrir.

La dicotomía anterior se expresa en la oposición entre Historia y Mito, o Historia y Poesía. El tiempo del Mito, como el de la fiesta religiosa, o el de los cuentos infantiles, no tiene fechas: "Hubo una vez...", "En la época en que los animales hablaban...", "En el principio...". Y ese Principio —que no es el año tal ni el día tal— contiene todos los principios y nos introduce en el tiempo vivo, en donde de veras todo principia todos los instantes. Por virtud del rito, que realiza y reproduce el relato mítico, de la poesía y del cuento de hadas, el hombre accede a un mundo en donde los contrarios se funden. "Todos los rituales tienen la propiedad de acaecer en el ahora, en este instante." [5] Cada poema que leemos es una recreación, quiero decir: una ceremonia ritual, una Fiesta.

El Teatro y la Épica son también Fiestas, ceremonias. En la representación teatral como en la recitación poética, el tiempo ordinario deja de fluir, cede el sitio al tiempo original. Gracias a la participación, ese tiempo mítico, original, padre de todos los tiempos que enmascaran a la realidad, coincide con nuestro tiempo interior, subjetivo. El hombre, prisionero de la sucesión, rompe su invisible cárcel de tiempo y accede al tiempo vivo: la subjetividad se identifica al fin con el tiempo exterior, porque éste ha dejado de ser medición espacial y se ha convertido en manantial, en presente puro, que se recrea sin cesar. Por obra del Mito y de la Fiesta —secular o religiosa— el hombre rompe su soledad y vuelve a ser uno con la creación. Y así, el Mito —disfrazado, oculto, escondido— reaparece en casi todos los actos de nuestra vida e interviene decisivamente en nuestra Historia: nos abre las puertas de la comunión.

EL HOMBRE contemporáneo ha racionalizado los Mitos, pero no ha podido destruirlos. Muchas de nuestras verdades científicas, como la mayor parte de nuestras concepciones morales, políticas y filosóficas, sólo son nuevas expresiones de tendencias que antes encarnaron en formas míticas. El lenguaje racional de nuestro tiempo encubre apenas a los antiguos Mitos. La Utopía, y especialmente las modernas utopías políticas, expresan con violencia concentrada, a pesar de los esquemas racionales que las enmascaran, esa tendencia que lleva a toda sociedad a imaginar

[5] Van der Leeuw: *L'homme primitif et la Religion*. París, 1940.

una edad de oro de la que el grupo social fue arrancado y a la que volverán los hombres el Día de Días. Las fiestas modernas —reuniones políticas, desfiles, manifestaciones y demás actos rituales— prefiguran al advenimiento de ese día de Redención. Todos esperan que la sociedad vuelva a su libertad original y los hombres a su primitiva pureza. Entonces la Historia cesará. El tiempo (la duda, la elección forzada entre lo bueno y lo malo, entre lo injusto y lo justo, entre lo real y lo imaginario) dejará de triturarnos. Volverá el reino del presente fijo, de la comunión perpetua: la realidad arrojará sus máscaras y podremos al fin conocerla y conocer a nuestros semejantes.

Toda sociedad moribunda o en trance de esterilidad tiende a salvarse creando un mito de redención, que es también un mito de fertilidad, de creación. Soledad y pecado se resuelven en comunión y fertilidad. La sociedad que vivimos ahora también ha engendrado su mito. La esterilidad del mundo burgués desemboca en el suicidio o en una nueva Forma de participación creadora. Tal es, para decirlo con la frase de Ortega y Gasset, el "tema de nuestro tiempo": la sustancia de nuestros sueños y el sentido de nuestros actos.

El hombre moderno tiene la pretensión de pensar despierto. Pero este despierto pensamiento nos ha llevado por los corredores de una sinuosa pesadilla, en donde los espejos de la razón multiplican las cámaras de tortura. Al salir, acaso, descubriremos que habíamos soñado con los ojos abiertos y que los sueños de la razón son atroces. Quizá, entonces, empezaremos a soñar otra vez con los ojos cerrados.

ÍNDICE

Este libro se terminó de imprimir y encuadernar
en el mes de enero de 1990 en los talleres de En-
cuadernación Progreso, S. A. de C. V., Calz. de
San Lorenzo, 202; 09830 México, D. F. Se tiraron
50 000 ejemplares.